LE SECRET DE MAGALI

DU MÊME AUTEUR

CHEZ POCKET

L'or du diable
Le secret de Magali
(La bastide blanche**)
Pour comprendre l'Égypte antique
La fille de la garrigue
Pour comprendre les Celtes et les Gaulois

JEAN-MICHEL THIBAUX

La Bastide Blanche

* *

LE SECRET DE MAGALI

PRESSES DE LA CITÉ

ISBN : 2.266.07372.9

A Éliane, un peu Magali.

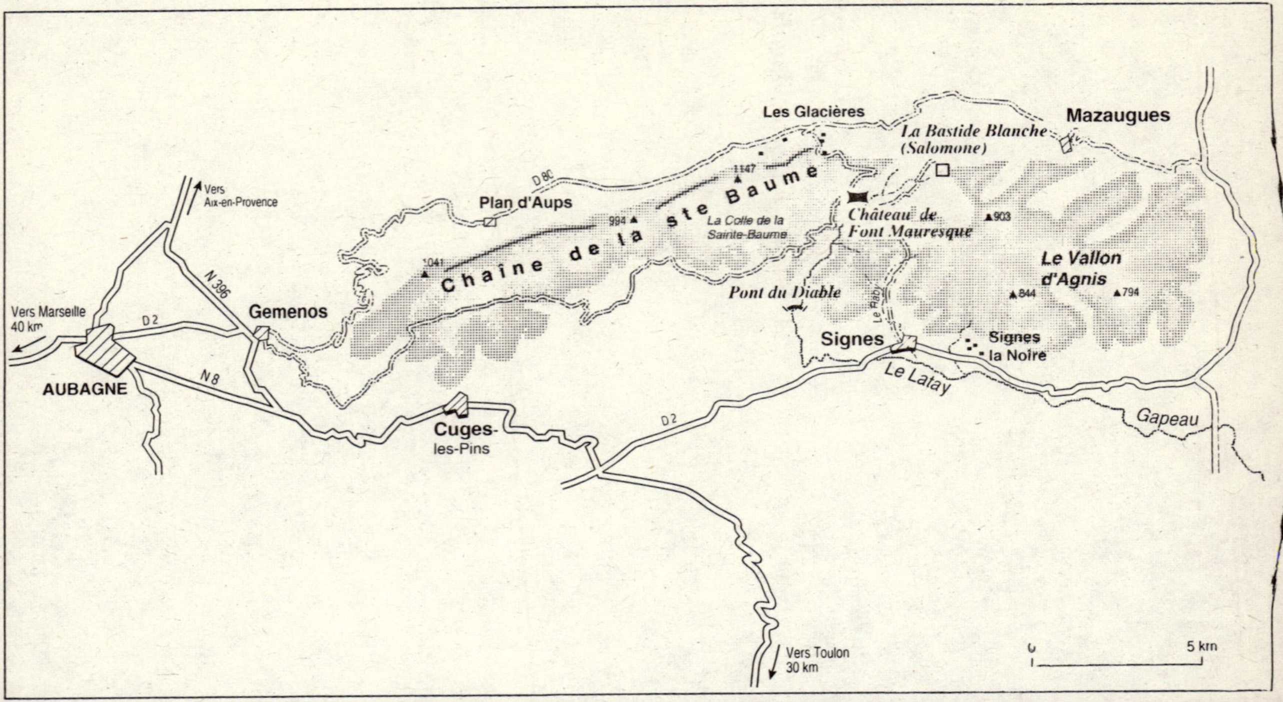
Les Glacières
Mazaugues
La Bastide Blanche
(Salomone)
Vers
Aix-en-Provence
D 80
Plan d'Aups
1147
Chaîne de la ste Baume
994
La Colle de la
Sainte-Baume
Château de
Font Mauresque
903
1041
Le Vallon
d'Agnis
N 396
Pont du Diable
844
794
Le Raby
Vers Marseille
40 km
Gemenos
D 2
Signes
Signes
la Noire
AUBAGNE
N 8
Le Latay
Gapeau
Cuges-
les-Pins
D 2
Vers Toulon
30 km
5 km

1

L'homme était grand, mince et ne paraissait pas les cinquante ans qu'il venait de fêter à Marseille. Sa figure osseuse, sans barbe, s'avançait très en avant du torse. De cette proue tout en angles, il semblait fendre le vent.

Il s'appelait Camille Roumisse [1] et régnait sur plusieurs millions d'hectares de terre et quelques dizaines de milliers d'hommes, du Tonkin à la Guyane. Rien ne pouvait lui résister, même ce vent qui, venant de l'ouest, n'allait pas tarder à tourner au mistral. Ce vent, il l'avait chéri pendant des décennies et son père avant lui ; il l'avait loué, béni, adoré quand il gonflait les voiles de ses navires marchands, quand il poussait les ailes de ses moulins, quand il glaçait l'eau de la Sainte-Baume. Mais ce temps-là était révolu. Camille Roumisse se fichait pas mal du mistral, de la tramontane et de tous les vents du globe. A présent le progrès et l'argent lui permettaient de se passer de la nature. Il rêvait d'un

1. Cf. : *La Bastide Blanche,* Presses de la Cité, 1995.

monde où régneraient la vapeur, l'électricité, le moteur à explosion, qu'il plierait à ses exigences.

– C'est donc à nous ! lança-t-il.

Ce nous ne s'adressait pas aux hommes en noir qui l'accompagnaient, mais aux Roumisse absents, à ses deux filles Camille et Amélie, à son épouse Mireille, à ses frères et sœurs, à la dynastie provençale de ses semblables qui dévoraient des millions à chaque aube.

Les hommes qui se tenaient près des fiacres n'hésitèrent plus à salir leurs chaussures vernies dans la boue du chemin charretier, filant droit entre deux rangées de cyprès centenaires jusqu'à une honorable bâtisse de trois étages. Ils se pressèrent même, une main sur leur chapeau, se bousculant pour parvenir à la droite du maître impassible.

Camille Roumisse rêvait toujours. Ce paysage, il le transformait, il le pétrissait d'acier et de brique, de cheminées et de rails. Il voyait des ouvriers, des machines, des ateliers, des marchandises, des poutrelles et, au-dessus de cette ruche suant huile et rouille, les beaux panaches noirs des fumées d'usine montant dans le ciel pur.

– Tout est à vous, monsieur.

Le notaire Merleux avait répondu le premier. Il en éprouvait du contentement. Sa face de poulet aux yeux en perpétuel mouvement se tourna vers les autres : Caneaux l'avocat, Hulin le fondé de pouvoir, Dartigues le directeur de la compagnie maritime, Bertrand le secrétaire et Marius Caronet l'intendant. Tous ajoutèrent quelques mots entre leurs dents et s'extasièrent sur cette acquisition de cent hectares au nord-ouest de Toulon, dont on distinguait les faubourgs à moins de cinq cents mètres.

C'était une belle propriété à l'abandon, hypothéquée, ruinée par le dernier rejeton d'une famille noble, joueur et noceur. Vendue aux enchères dix fois au-dessous de sa valeur, elle appartenait désormais et à jamais au clan des Roumisse.

– C'est de la bonne terre, ajouta le notaire Merleux qui évaluait le tout d'un œil expert en alignant mentalement des chiffres.

– Ah! oui, c'est de bon rapport, renchérit l'avocat Caneaux en hochant la tête et en lissant sa moustache fine.

Ils n'avaient jamais vu des cyprès comme ceux-là, puissants et majestueux, d'un vert profond, qui masquaient des centaines d'autres arbres. Des amandiers chargés de fruits, des abricotiers, des cerisiers, des pêchers et des régiments d'oliviers centenaires aux feuilles argentées peuplaient le terrain en restanque. C'était comme une mer mouvante d'un vert bleuté que le vent agitait, à l'horizon de laquelle la nouvelle église toute blanche du village du Pont du Las enfonçait l'étrave circulaire de son chœur. Un parfum fantastique, subtil, leur chatouillait les narines; il venait de ces terres livrées à la sauvagerie des thyms, des romarins, des fenouils, des genêts qui étendaient peu à peu leur conquête après avoir quitté les contreforts du mont Faron.

L'intendant Caronet pouvait enfin placer ses propos. Il étendit les bras et lança :

– Avec une bonne équipe de Signes, on récupère le rendement en deux saisons, j'en fais mon affaire!

– Non, Marius, répondit Roumisse. On rase tout!

La consternation se peignit sur tous les visages, Marius balbutia des « Maître » sans comprendre, Hulin en perdit son monocle. Le secrétaire Bertrand se protégea derrière sa sacoche de cuir, le fier directeur Dartigues jeta des coups d'œil inquiets sur ses pairs; il n'avait qu'une peur, que l'un d'eux contredise son patron. Mais pas un n'ouvrit la bouche, même si cela leur faisait mal au cœur de voir ces terres mises à nu, ces arbres magnifiques livrés à la cognée et à la scie, cette grande demeure percée par les pics et les pioches. Qu'avait donc en tête le maître? Nul ne savait. Il ne dévoilait jamais ses plans. Il menait chaque affaire comme on mène une bataille, attaquant violemment sur tous les fronts, en bourse, dans les préfectures, les mairies, plaçant ses mercenaires dans toutes les commissions, asservissant les élus par des pots-de-vin et quand les millions ne suffisaient pas, il se servait d'hommes de main recrutés dans les bouges du vieux port de Marseille.

On lui attribuait quelques incendies d'entrepôt, mais rien n'avait été prouvé. Juges et policiers dînaient dans ses salons du Grand Cours et il savait les combler de faveurs.

Il promena son regard dur sur les six hommes interloqués avant de contempler successivement les montagnes qui entouraient la rade de Toulon. Ces sots sans imagination ne savaient pas à quel point il y avait de l'argent à gagner ici. Tout y était moins cher qu'à Marseille et la marine de guerre avec son arsenal en pleine expansion offrait des possibilités inouïes aux industriels ambitieux.

– Je rase tout ! tout ! répéta-t-il en balayant de la main son bien.

Il se figea. Quelque chose n'allait pas dans le paysage. A son tour, Merleux tendit sa face de poule. Puis Caneaux et Hulin cherchèrent à voir ce qui troublait leur maître. Ils virent une femme, deux restanques plus bas, promenant son gros ventre sous les grêles amandiers.

– Que fiche-t-elle chez moi ? s'enquit Roumisse.

Personne ne répondit mais tous pensaient qu'elle était entrée par l'un des trous du mur de la clôture qui s'écroulait par pans entiers. Elle paraissait jeune et ses cheveux volaient au vent.

– Une voleuse, dit Marius.

– Oui, une sale voleuse, ajouta Hulin.

Comme pour les conforter, la jeune femme fit ployer les branches d'un arbre et cueillit quelques amandes qu'elle fourra dans un sac de toile qu'elle portait à l'épaule.

– La gueuse ! s'exclama Hulin qui cherchait à se faire remarquer par son patron.

– Qu'on la chasse ! intima Roumisse.

On se regarda, interdits. On ne contraignait pas une femme enceinte, c'était contraire au peu d'honneur qu'il leur restait. Constatant qu'aucun de ses courtisans ne bronchait, Roumisse désigna celui qui lui semblait le plus motivé.

– Monsieur Hulin, allez donc dire à cette pauvresse que nous ne tolérons pas sa présence.

Le fondé de pouvoir qui avait tendance à se tenir

un peu voûté s'affaissa d'une bonne dizaine de centimètres, vieillissant soudain. Il avait quarante-six ans, il en parut soixante. Ce n'était pas dans ses habitudes d'adresser la parole à la canaille ; de plus, chasser méchamment une femme enceinte pouvait porter malheur. Il ne s'en sentait pas capable.

– C'est que... entama-t-il d'une voix hésitante.

– Vous n'êtes pas satisfait de votre emploi, mon cher Hulin ? demanda sèchement Roumisse.

Hulin se mit à rougir. Il pensa aux quatre mille francs par mois et à tous les avantages du métier, au train de vie, à son six-pièces rue des Capucines, à sa maison de campagne à Roquevaire, à sa passion pour les chevaux et aux femmes goulues qui partageaient ses nuits de célibataire. Tout bien pesé, il pouvait galamment reconduire cette paysanne sur la route.

– J'y vais, monsieur !

– Faites, mon bon Hulin.

Tout rentrait dans l'ordre. Les hommes soupirèrent d'aise. Hulin traversa la large restanque, sauta le muret de pierres sèches qui maintenait la terre. Le pommeau d'argent de sa canne brillait tel un sceptre. Ce fut du bout de cet instrument d'apparat qu'il toucha l'intruse. Une discussion s'engagea. Mains sur les hanches, la femme ne paraissait pas commode. Au bout d'une minute ou deux, Hulin se retourna et écarta les bras avant de les laisser retomber le long de son corps. C'était un geste d'échec. Puis il revint, essoufflé, faire son compte rendu.

– J'ai tout essayé ! Elle refuse de partir. Elle dit

que dans son état, elle a le droit de ramasser tout ce qu'elle veut.

– Quoi ?

Ce quoi craché par Roumisse avait tout du rugissement. Il resta frémissant, hors de lui, ne sachant sur quoi faire tomber sa colère. Il éprouva soudain un désir brutal de traîner cette chienne par les cheveux, de la bourrer de coups de pied dans le ventre jusqu'à ce qu'elle perde son lardon. Il haïssait les paysans qui vivaient – disait-il – comme des bêtes en se fiant à l'imbécile loi des saisons. Il les haïssait d'autant plus que le seul homme qui lui avait tenu tête était un Signois des terres de la Salomone, un minable qui vivait entre son potager et les glaces de la Sainte-Baume. Le visage de son ennemi s'imposa à lui. Justin Giraud. Ce salopard avait abusé de sa chère et tendre Camille, sa fille adorée.

La haine le brûla ; il en éprouva des douleurs à l'estomac. Penser à cet homme le rendait fou. Il fallait que quelqu'un paye. Immédiatement. Il reporta son regard sur la femme qui continuait à prendre des amandes, puis il alla chercher le fouet du cocher.

Les six hommes retinrent leur souffle. Ce fut Merleux le plus courageux. Le notaire suivit son maître et le rattrapa au pied de la restanque.

– Monsieur, je vous en prie. Ne frappez pas cette femme !

– Mêlez-vous de vos affaires, Merleux !

Roumisse repartit d'un pas rapide, le notaire le dépassa et lui barra le chemin.

– Elle est dans son droit !

Quel droit? Le droit écrit par qui?

Roumisse ne reconnaissait que le sien. Il empoigna le notaire par le col.

– Écartez-vous!

– Ne vous mettez pas à dos les gens d'ici. Cette *gusasso* [1] agit selon la coutume de Toulon. J'ai étudié la question!

– Je vous écoute une minute, Merleux. Pas plus!

Le notaire se rengorgea et débita d'un trait ce que sa prodigieuse mémoire avait retenu. Il n'était pas le meilleur notaire de Provence pour rien, il le prouva :

– Bien qu'elle n'en connaisse sûrement pas l'origine, cette... *gusasso* applique l'un des règlements de l'administration communale toulonnaise consigné dans le *Livre rouge* écrit de 1402 à 1415. Au chapitre des femmes grosses, nous trouvons : « Il est d'usage et coutume que les femmes grosses peuvent, à cause de leur état, aller manger des amandons, des pêches ou autres fruits, dans les propriétés d'autrui sans payer ban, ni dégât, mais si elles en emportent une quantité outre raison, elles doivent payer le dommage et le ban. »

Roumisse éclata d'un grand rire. Ce poulet de Merleux le chicanait avec un texte du Moyen Age. On était sous la IIIe République, dans une France en pleine croissance économique, financière et scientifique, les us et coutumes devaient être balayés.

– Qui nous dit qu'elle n'emporte pas une quantité de fruits outre raison? dit d'une voix railleuse le magnat de Marseille.

1. Gueuse.

Les épaules de Merleux s'affaissèrent. Rien n'arrêterait Roumisse. Il suivit son patron jusque sous l'arbre où se tenait la femme. Cette dernière ne broncha pas. Ses bras bronzés haut levés, elle détachait les amandes des branches, puis les enfouissait dans son sac de toile.

– Alors, ma belle, on se sert sans compter?

La femme ne répondit pas. Le coup de gueule avec Hulin avait suffi à épancher sa colère. Elle se fichait pas mal de ces messieurs de la ville dont les pâles figures et les beaux costumes détonnaient sous la verdure du verger et le bleu du ciel.

Le fouet siffla et s'enroula sur ses bras. D'un coup sec, Roumisse tira sur le manche et arracha la femme de sa position. C'était un coup de maître. Un coup qui n'était pas destiné à faire mal mais à impressionner. Aussitôt la femme se mit à trembler; sa large face lunaire aux lèvres épaisses exprima la peur. Elle était tout ce que Roumisse détestait; l'ascendant de l'animalité sur l'humain, une parfaite paysanne du Midi.

– Merleux!

– Oui, monsieur.

– Votre portefeuille!

Le notaire donna son portefeuille sans comprendre. Il vit le terrible Roumisse choisir deux billets de cent francs et les froisser devant le regard humide et désemparé de la femme.

– Mon cher Merleux... Observez-la bien. Il est bien évident que l'idée de punition pour les incapables de son espèce est une absurdité. Du moment qu'ils souffrent de leur malchance et de leur pauvreté, ils attendent toujours des compensations.

Roumisse approcha les billets du visage apeuré.

– Tout s'achète, mon bon Merleux. Tiens, prends ceci, c'est pour toi et l'enfant. En échange, tu abandonnes mes amandes sur place.

Ce ne furent pas les paroles de Roumisse qui dégoûtèrent Merleux, ce fut l'empressement avec lequel la femme se saisit des billets, vida son sac de toile et plia les genoux pour baiser la main du Marseillais.

– Vous verrez, mon cher Merleux, elle fera de moi une légende et le jour où nous commencerons les travaux, tous les paysans du coin viendront m'offrir leurs bras.

Roumisse se rengorgea. Cependant, il n'était pas entièrement satisfait. Sa vengeance restait inassouvie. Il n'y avait qu'une seule façon de l'étancher : tuer Justin Giraud.

2

Justin était parti livrer la glace à Toulon. Après toutes ces histoires à Marseille avec Roumisse, le bon Viguière, son patron, lui avait confié le secteur varois. Le Signois commandait une équipe de dix conducteurs. Quand les grands chariots quittaient à minuit les tours à glace, le souffle de leur grondement troublait le sommeil des villages alentour.

– Ils partent, disait Henriette Giraud, la mère de Justin.

Alors Magali posait le linge à raccommoder sur ses genoux et joignait son regard à celui d'Amédée. Posté devant la fenêtre, le père de Justin imaginait le convoi, les barres de glace luisant à la clarté des astres, les hommes calés sur les bancs, les quatre chevaux de chaque équipage, le bruit des fouets au-dessus des échines. Tout son corps frémissait; il agrippait ses pauvres jambes inertes et pensait à son fils. Il était fier de Justin, fier de Magali, cette fille courageuse qui était entrée dans leur vie un an plus tôt, le jour de Noël. Depuis, elle vivait ici et égayait la maison de ses chants. En avril, on avait parlé mariage : « Le plus tôt sera le mieux ! s'était écrié Amédée. Le mois prochain, on commande la pièce montée à Fouque ! »

C'était comme s'il venait de prononcer des paroles impies. Henriette et toutes les femmes de la Salomone présentes ce jour-là se signèrent, puis Adrienne, la cousine de Justin, dit tout haut ce que chacun pensait tout bas : « *Mai coumenço pèr une crous, e quau se ié marido n'en tirasso dos*[1]. »

Ces mots, toutes les Provençales les connaissaient par cœur dès leur plus jeune âge. On ne plaisantait pas avec le mois des âmes. Seule Magali, élevée par les sorcières de Signes la Noire, en connaissait vaguement l'origine. Une nuit, la vieille Marthe lui avait confié que cela remontait au temps où Maïa, la déesse des Enfers et de l'Abondance, alliée à Mercure, le conducteur des âmes, régnait sur le monde. Elle lui répéta ce qu'elle avait appris de la bouche des anciennes, de ce mois néfaste, des tourments éternels encourus, de la mort qui frappait les mariés au cours de cette période de continence pendant laquelle les forces de la nature s'accumulent en vue de la fécondation. Magali n'avait rien oublié de ces étranges préceptes, mais ils ne la tourmentaient pas outre mesure.

Ce mariage, elle y pensait sans cesse. Surtout quand les chariots s'ébranlaient, emportant son Justin vers la ville. Elle se serait sentie plus forte avec l'anneau au doigt. Beaucoup plus forte. Pendant un instant, elle s'imagina en robe blanche, couverte de riz, souriant sur le parvis de l'église, les oreilles

1. « Mai commence par une croix, et qui se marie en fait deux. »

pleines du son des cloches et des applaudissements de la foule. Puis elle entendit à nouveau les échos du ferraillement des fardiers, là-bas, sous l'Adrech des Fontêtes. Le charroi allait franchir le gué du Latay avant de descendre vers la plaine de Chibron. Après, ce serait le silence.

Le cœur de Magali se serra. La nuit, la route, le monde étaient dangereux. Elle craignait le pire ; tant de forces occultes s'étaient dressées contre leur amour autrefois. Il n'y avait qu'un seul moyen de contrer le mauvais sort. Par la purification et le mariage. Elle regarda Henriette droit dans les yeux et s'apprêtait à lui dévoiler le secret de ses tourments, mais la mère de Justin bâilla.

– Il se fait tard, arrêtons de nous tuer les yeux.

Magali ravala ses mots. Elle n'arriverait jamais à leur dire qu'elle n'était pas baptisée, qu'elle ne pourrait jamais s'agenouiller face au Christ et échanger les anneaux avec Justin. Païenne, voilà ce qu'elle était ; une moins que rien, de la boue faite femme avec une âme toute noire. Même Justin ignorait qu'elle était en état de péché mortel. Alors qu'elle rangeait ses instruments de couture, la colère monta en elle. Elle en voulait à sa mère, à ses tantes de Signes la Noire de l'avoir soustraite au troupeau de Dieu. Elle maudissait ce père qu'elle ne connaissait pas. Où était-il, celui-là ? A Signes ? A Aubagne ? A Cuges ? A Belgentier ? Quand avait-il engrossé sa mère ? Un soir de bal ? A la fenaison sous une meule ? Au retour de l'estivage des bêtes ? Quand elle observait les hommes du village, du moins ceux en âge d'être son père, c'était comme si elle recevait des coups. Elle avait la certitude que ce devait être un noceur cruel, fourbe, coléreux, tyrannique et menteur, le genre de bonhomme perpétuellement en tournée dans les cafés. Ce salopard aurait dû la reconnaître et exiger qu'on la baptise ; elle n'en serait pas là à se morfondre et à se culpabiliser.

– Bonne nuit, petite !

– Bonne nuit !

Elle embrassa Amédée sur le front. Avec compassion. Le pauvre homme ne quittait jamais sa chaise, même pour dormir. Henriette vint le couvrir d'une couverture légère ; il se laissa faire, ayant des regards tendres pour cette épouse qu'il n'avait pas su aimer des années durant.

– A demain, mon ami.

– A tout à l'heure, Rinette.

Chaque veillée se terminait ainsi. Amédée soufflait le surnom de sa femme et Henriette soufflait sur la flamme de la lampe à huile. Dans sa chambre, Magali étouffa ses sanglots. C'en était assez de vivre comme une mécréante. Sa décision fut prise. Demain elle se rendrait à l'église.

L'aube chassa la litanie des doutes. Quand Henriette servit le bouillon et trancha le pain, les oiseaux chantaient à tue-tête, fêtant la venue du soleil sur la Salomone. Magali avait le cœur léger à la pensée de ce qu'elle allait faire à Signes. Par la porte grande ouverte sur le levant, elle contempla ce ciel qui roulait des flots d'or dans l'échancrure de la vallée. Le soleil encore invisible montait avec un élan superbe, irrésistible, embrassant l'horizon découpé des garrigues. En quelques minutes, il n'y eut plus un trou de ténèbres sur la terre qu'elle aimait.

– Tu viens !

La voix d'Henriette la tira de ses rêveries. Dans la salle commune, tout était déjà propre, rangé. La brave femme travaillait bien avant les premiers feux de l'aube. Elle s'occupait d'abord d'Amédée qu'elle rasait, changeait, s'inquiétant de son état, de ses insomnies, bavardant sur l'avenir des petits. Puis elle se préparait selon un rituel très strict, sans se préoccuper de son corps usé lorsqu'elle se lavait à l'eau froide du puits. A cinquante et un ans, ne connaissant plus l'amour charnel depuis la guerre de 70, elle espérait simplement que la carcasse tiendrait bon. Par chance, la vieille glace accrochée au mur de la chambre perdait par endroits son tain, et dans les rares moments de regrets, Henriette attribuait tous les défauts et les rides de sa peau au mauvais étamage. Elle n'avait jamais aimé son visage un peu plat, mangé par de grands yeux doux et tristes, semblables à ceux des saints en plâtre qu'on vendait les jours de foire. Sa seule fierté, c'était ses cheveux, dont la masse dénouée tombait jusqu'au creux des reins. Il y avait bien quelques fils d'argent par-ci, par-là, mais sa chevelure n'avait rien perdu de l'éclat de la jeunesse. Tous les matins, avec grâce, elle la séparait en deux vagues qu'elle enroulait autour du peigne pour former le chignon, puis d'un geste précis, elle fixait la coiffe en dentelle avec deux épingles avant de nouer la cravate de percale sur cette savante coiffure.

Magali refusait ce protocole malgré les insistances d'Henriette ; elle préférait laisser sa chevelure libre jouer avec les vents. Les jours de forte chaleur, elle consentait seulement à porter le large chapeau de paille cylindrique et plat que les Niçois et les Toulonnais appelaient *capelino*.

Magali suivit Henriette dans le jardin. Comme elles avaient pris du retard au potager, elles se mirent à l'ouvrage avec ardeur, ramassant à pleines brassées les mauvaises herbes, arrosant les carrés de laitues, les pieds de tomates, vives, joyeuses, infatigables. La terre de la Salomone était bénite. Tout y poussait : carottes, courges, courgettes, melons, artichauts, pommes de terre ; il y avait un grand champ de blé et un autre d'avoine, « un pour les hommes et un pour les bêtes », disaient les habitants des lieux. Cette terre nourrissait trois familles, cinq chevaux et des dizaines de poulets, mais elle aurait pu en nourrir cinq fois plus.

– C'est jour de marché aujourd'hui, rappela Henriette à Magali.

– Je sais.

– Les laitues sont bonnes à vendre.

– Trois sous pièce, répondit la jeune femme en se servant d'un canif pour en couper une vingtaine.

Le soleil pointa soudain son museau rouge au-dessus de l'Hubac du Luminaire et un sang nouveau coula sur les rochers des *baous*. Henriette se redressa pour se signer. Elle se tourna vers Magali qui contemplait le lever avec une sorte de soulagement. A cette heure-là, Justin avait terminé sa livraison de glace, le convoi s'en revenait à Signes en toute quiétude.

– Il faut y aller, dit Henriette.

Elles y allèrent ; l'une avec son balluchon d'ouvrière de la verrerie, l'autre portant ses vingt laitues dans un couffin sanglé à l'épaule. Le chemin était long jusqu'à Signes, mais elles ne prirent que de brefs instants de repos, des haltes de sourires, sans paroles, pour ne point troubler leur profonde communion avec la nature qui s'éveillait. Puis, aux croisées des sentiers, apparurent les paysans du Clos de l'Héritière, de Taillane, de la Croix, de la ferme d'Agnis, de la Taoule. Tous se rendaient gaiement au marché. Des filles chantaient la *Romance de Clothilde* en poussant des carrioles de fleurs ; un vieux trottait derrière sa mule chargée de sacs de haricots verts.

– Ce sont les premiers ! s'écriait-il à chaque nouvelle rencontre. Cru, on les mangerait ! Tè, vois un peu !

Il tendait un haricot sous l'œil envieux de son interlocuteur avant de le croquer avec les dernières dents qui lui restaient.

Jamais saison n'avait été aussi avancée et généreuse ; les sources coulaient à flots, le soleil chauffait la terre depuis le début mars et le mistral avait cessé ses offensives en février, soufflant de temps à autre quelques heures pour laver le ciel.

Henriette et Magali répondirent à peine aux salutations de ces voisins de campagne dont elles se méfiaient. L'installation de Magali à la Salomone avait fait jaser. On la considérait d'un mauvais œil. Pour ces rustauds, elle restait la fille de la sorcière ; à ce titre, elle n'aurait pas dû quitter Signes la Noire.

Une traînée dont on ne connaissait même pas le père – un bandit, à coup sûr, qui devait loger au bagne de Toulon – n'avait rien à faire sur les flancs de la Sainte-Baume. Cependant ils craignaient trop les poings de Justin et le clan des Giraud pour le lui dire ouvertement.

– Hé ! la Giraud, tu en as des *banetos* comme ceux-là ?

Le vieux qu'elles venaient de rattraper vantait toujours ses haricots. Elles contemplèrent le légume qu'il montrait dans le creux de sa main calleuse et déformée. C'était du beau primeur, du supérieur à un franc la livre, à cuire avec le gigot de mouton et à présenter dans un plat en porcelaine de Limoges. Les riches allaient se jeter sur cette récolte exceptionnelle. A côté de ce don du ciel, leurs salades semblaient bonnes à donner aux lapins. Elles envièrent secrètement ce *meinagiè* [1] bénit.

– C'est bien ! laissa tomber simplement Henriette.

Cette indifférence vexa le vieux. Il se rembrunit, fourra le haricot dans le sac et dit :

– Ceux-là, au moins, ils n'ont pas le mauvais œil !

Sur le coup, Magali s'arrêta. Ces mots lui étaient destinés. Elle se tourna vers le paysan et le regarda droit dans les yeux. Il y avait une façon d'acculer quelqu'un sans élever la voix, la vieille Marthe le lui avait autrefois appris.

Le bonhomme se sentit percé. Ses défenses tombèrent. Il grommela des jurons, chercha un secours auprès d'un couple de la Croix juché sur une char-

1. Agriculteur.

rette, mais la femme tapa dur sur le genou de son époux, lui enjoignant de houspiller le gros cheval de trait qui les tirait.

– Eh ben ! la *cagado* est pour moi ! lança-t-il tout haut.

La jeune sorcière le tenait encore, dardant ses prunelles noires qu'il ne parvenait pas à éviter. Sans l'intervention d'Henriette, il se serait enfui dans les collines en priant la sainte Madeleine de conjurer le sort que la saligaude lui jetait.

– Fais ton chemin, dit la mère de Justin à Magali en lui caressant tendrement la joue.

Magali ne démordit pas.

– Je veux des excuses !

Le vieux se reprit après avoir cherché une provision de certitudes dans le doux regard d'Henriette.

– Je les fais ! Je les fais et je prends à témoin la Madeleine qui veille sur nous. Tu sais, Rinette, j'ai pas pensé à mal, c'est ma langue qui a parlé, pas moi ! Dis, on va pas se harpailler à nos âges ? La petite, je ne lui veux pas de mal, je le jure !

– Ne jure pas, mécréant, ou ta langue va finir par se détacher, répondit Henriette. L'incident est clos. On accepte tes excuses. Allez, toi, rends-toi au marché avant que tes salades s'amollissent.

Ce fut le mot de la fin. Magali embrassa Henriette et pressa le pas sur le chemin rocailleux, laissant le vieux et son mulet tandis que la mère de Justin coupait à travers la colline pour se rendre à la verrerie où elle travaillait depuis vingt-huit ans.

Ce fut d'abord un bourdonnement lointain de ruche, puis cette rumeur couvrit le chant de la rivière, s'enfla, se brisa comme les vagues sur les rochers, noyant les grincements des roues à aube des moulins de la Servi. Le cœur serré, Magali pénétra dans le village par la rue de l'Hôpital. Elle avait toujours l'impression fugace de commettre une faute en se glissant dans les rues tortueuses de Signes. Elle se sentait si différente des gens d'ici, engoncés dans leurs principes et leur morale. Ils étaient fiers de leurs certitudes, sûrs de leur devenir, riches de traditions vieilles de deux mille ans. Les Romains, les Goths, les Francs, les Maures, les Autrichiens n'avaient pu les chasser de ces terres qu'ils tenaient de leurs ancêtres ligures. On faisait partie du clan signois lorsqu'on épousait ses coutumes sans condition. Fille libre, elle ne l'avait jamais accepté. Elle le payait.

Pendant les premiers mètres, elle jeta des coups d'œil sur les jalousies, croyant deviner des formes derrière les fentes de bois, mais le sourire des sœurs de l'hôpital puisant de l'eau à une fontaine chassa ses ridicules appréhensions. Qui se souciait d'une Magali Aguisson ? C'était jour de marché, jour de fête, jour de soleil et la gazette du pays, faite de rires et d'éclats de voix, se tenait au cœur du village. Il n'y avait plus personne derrière les jalousies. Elle rendit un sourire aux sœurs en cornette avant de plonger dans la foule ardente qui, de la rue Bourgade à la place des Chaudronniers, passait en revue les étals des marchands. Par cortège, par famille, à cheval, à dos d'âne, en calèche, en berline, en charrette, en guimbarde, à vélo, à pied, sur cannes, avec paniers, couffins, sacs, douires, jarres, *gargouletos*, cruchons, chiens, poules, canards, lapins et marmaille, ils étaient tous là, mêlant leurs haleines et leurs regards dans cette grande arche de Noé qui, tous les jeudis, les rassemblait avec les étrangers venus de Toulon et de Marseille.

Magali joua des coudes, s'enfonça dans la rue aux Juifs, passa devant la mairie où se pavanaient le maire et son état-major. Elle sentit peser sur elle le regard vicieux du premier magistrat. Celui-là espérait toujours l'avoir dans son lit, mais elle aurait préféré mourir plutôt que de coucher avec ce porc. Le gros Ferdinand salissait tout ce qu'il touchait. Elle eut un mouvement d'épaules comme pour chasser cette pesanteur poisseuse qu'il venait de lui coller au corps.

La place du Marché grouillait de monde. Elle eut de la chance en trouvant un coin pour étaler ses laitues, au milieu d'un entassement de légumes, de fruits, d'ustensiles, de coupons, de chaussures et de mille autres trésors qui passaient entre les mains des villageoises dont les doigts experts savaient déceler les moindres défauts.

Magali se laissa griser par le va-et-vient continu, les conversations animées, les coups de gueule. Des senteurs d'herbes et de fromages lui montaient à la tête et elle vendait machinalement ses laitues dont on ne discutait pas le prix. Face à elle, dans le Café de France, c'était la cohue. Elle distinguait les ombres égrillardes des paysans collés au comptoir. Quelquefois un homme en sortait, étreignant farouchement son verre de vin, et ses yeux suivaient les femmes avec l'espoir secret de découvrir un petit morceau de chair dans l'envol des jupes ou l'entrebâillement des corsages.

Elle n'échappait pas à cette chasse ; elle devinait tous les désirs refoulés, ces envies de se rouler dans l'herbe, ces chevauchements imaginés et elle finissait par se sentir toute drôle.

– Combien ta salade ? Hé, petite, tu rêves ?

Elle vit soudain Mme Fouque penchée sur elle. La femme du nougatier Baptistin Fouque était l'une de ses meilleures clientes et l'une des rares habitantes du village à la défendre. Il leur était arrivé de faire front toutes les deux quand les insultes pleuvaient sur Magali. Un jour, elles en étaient même venues aux mains avec d'autres lavandières à la rivière. Depuis, elles étaient complices et solidaires. On jalousait la Fouque pour sa réussite ; son nougatier de mari, excellent pâtissier de surcroît, amassait de l'or en vendant ses sucreries dans tout le département ; sa renommée s'étendait même jusqu'à Marseille.

– Trois sous !

– Je te les prends toutes.

Magali sourit. C'était un jour de chance. Les salades s'envolèrent aussitôt entre ses doigts de bronze pour disparaître dans le couffin de la riche Signoise. Puis les nouvelles pièces de cinq et dix centimes gravées par Dupuis brillèrent un instant dans sa main. Elle en économiserait une qui, ajoutée à celles gagnées par Justin, irait grossir le magot de la Salomone. Un sou plus un sou plus un sou...

avec tous ces vingtièmes de franc accumulés, elle eut la vision d'un avenir radieux, de terres agrandies, d'une parcelle d'oliviers, de mille vignes plantées en coteaux. Les cris du marché s'estompèrent, elle ne distinguait plus les gens. Les corsets écarlates, les lingeries bouillonnantes, l'or des fruits, l'éclat des bijoux, les mouvements de cette foule lunatique et bigarrée ne franchissaient plus son regard fixe de rêveuse.

Ce sentiment de félicité dura quelques minutes.

Elle continuait son voyage vers le bonheur lorsque sa pupille tomba sur les habits noirs d'une femme qui l'observait. Elle cligna des yeux, frappée, non d'une sensation visuelle, mais d'une impression de toucher. Elle ne se sentit pas regardée, mais atteinte au visage. Il lui sembla soudain qu'elle n'avait plus d'avenir, que l'or économisé se dissolvait dans de l'eau régale, qu'un grand feu ravageait les terres qu'elle espérait labourer un jour. Elle éleva gauchement la main, écartant les doigts dans l'espace comme si elle cherchait un appui.

Ce regard noir, le regard de sa mère, l'empêchait de bouger. C'était la première fois qu'elle la rencontrait depuis le jour fatidique où la vieille Marthe était morte de méchanceté. Victorine Aguisson avait vécue terrée à Signes la Noire, mûrissant sa vengeance tout un hiver et un printemps, laissant sa consœur Agathe Danjean subvenir aux besoins de la maison. Tant de choses avaient été dites au coin des feux et aux lavoirs. Dédé Malausse, le boulanger, qui chassait la grive, les avait vues enterrer Marthe près de l'Abîme des Morts à l'aube d'un matin glacial et brumeux. Il venait de casser la croûte quand elles émergèrent soudain d'une nappe de brouillard, venant de Siou Blanc. Son estomac se noua, sa peau se hérissa, il s'accrocha à son fusil mais aurait préféré tenir une croix.

Victorine portait le deuil. Noués en une seule natte, ses cheveux d'encre luisaient sur son corsage noir. Une bourriche pleine d'herbes médicinales s'enfonçait dans les larges plis de sa robe de ténèbre. On s'approchait furtivement d'elle pour lui parler à voix basse, à demi-mots, glissant des billets dans sa bourriche, des commandes et des francs enveloppés dans du papier journal. A chaque rencontre, sa bouche exprimait un silencieux dédain sous les plans des joues maigres et creuses que rehaussait l'éclat froid et pur des yeux dans lesquels il n'y avait pas trace de pitié.

Les hommes se disaient que ce visage était le plus beau jamais contemplé à vingt lieues à la ronde mais aucun d'eux n'avait le courage de la complimenter. Rassemblés devant le Café de France, une poignée de bravaches fouettés par les premiers verres d'absinthe la dévoraient à distance, soupesant le corsage, spéculant sur la longue ligne de ses jambes élancées sous la robe sans jupon. Sous le feu de ces regards troubles, Victorine sentit monter en elle une convulsion de colère. Elle abandonna un instant Magali pour se consacrer à la brochette des mâles enfiévrés.

Les lâches n'acceptèrent pas le combat singulier, ils se détournèrent, le visage congestionné, raidissant leurs bras au bout desquels clapotait l'alcool verdâtre dans de grands verres. C'était un cri de rage silencieux qui jaillissait de son cerveau. Victorine aurait voulu les dépecer vivants et jeter leurs entrailles aux corbeaux. Des mois, des années de colère rentrée explosèrent en cet instant. Il lui sembla qu'elle venait de trouver un but dans la vie, la haine violente, subite que lui inspiraient les hommes, un homme surtout, un magnifique salopard qui lui avait fait cette coureuse là-bas. Elle marcha soudain vers sa fille.

Magali s'était attendue à cet affrontement. Se redressant, elle fit face à sa mère et vit passer sur ses lèvres l'ombre d'un sourire plus insultant que n'importe quelle parole. Elle imagina la force dissimulant la honte secrète, l'insolence se targuant de ses péchés. Devant la maîtresse de Signes la Noire, on s'écartait. Triomphante, Victorine franchissait la place du Marché, rejetant la foule en deux vagues silencieuses qui retournaient croupir dans l'ignorance et ses superstitions.

– *Es touto furiouso !* lança un vieillard qu'elle cloua d'un regard tel un insecte sur un morceau de carton.

Oui, elle était furieuse de voir que la bâtarde lui tenait tête. Légèrement plus petite de taille, Magali avait redressé le menton, crispant les mâchoires, durcissant chacun de ses traits. Elle connaissait trop sa mère. On ne devait pas lui offrir de prises. Pendant toutes ces années passées à Signes la Noire, elle avait vu une multitude de gens subir la volonté des trois lavandières de la nuit. Elle n'avait nulle envie de devenir sa chose.

Victorine ne fut plus qu'à deux pas de sa fille. Elle se figea, une main sur la hanche, l'autre serrée sur les anses de la bourriche à s'en faire blanchir les articulations. Une pendeloque de bronze en forme d'étoile à cinq branches jetait à son cou des lueurs étranges. Puis elle éclata d'un rire puissant, inextinguible, mauvais. Ce ricanement épouvanta les Signois. Quelques enfants se mirent à trembler comme si l'enfer allait souffler ses flammes sur le village.

Magali eut beau tendre les muscles, s'enfoncer les ongles dans la chair, elle ne réussit pas à empêcher la peur de venir. Elle chercha du secours autour d'elle, parmi l'entassement des paysans et des notables, parmi les femmes jeunes et vieilles qui savaient conjurer les mauvais sorts. L'aide ne vint pas. On refluait en désordre dans la foule passive avec balluchons, paniers, banastes, houes, haches, douires, *gargouletos* et cruchons, poussant les volailles, les ânes et les moutons moins craintifs que la populace.

– Tu vas te taire ! cria enfin Magali.

– Mais petite, c'est de joie que je ris, il y a de la joie en moi quand je te vois comme tu es en ce moment... Tu n'as pas fini de souffrir ! Oh oui ! Je vais m'y employer maintenant que je sais !

Il y eut dans la voix de Victorine, pour prononcer ces derniers mots, une qualité, un poids qui fit que Magali se dit : « Elle a deviné quelque chose, elle a senti l'avenir, mon Dieu, protégez-moi ! »

Victorine parut satisfaite de ce qu'elle avait vu. Elle tourna les talons et s'enfonça entre deux rangs de badauds qui s'égaillèrent pour la laisser passer. Alors Magali prit sa décision. Elle ne connaissait qu'un seul moyen pour contrer les noirs desseins de sa mère. Un moyen auquel elle songeait encore quelques heures plus tôt. A son tour, elle traversa la place et s'en alla d'un pas décidé vers la rue Saint-Jean.

3

Le soleil montant écrasait de ses feux les collines, la garrigue était déjà pleine du chant des cigales et des stridulations des insectes. Sur la route, le convoi grimpait péniblement la côte du Camps. Les glaciers revenaient épuisés de Toulon. Il suffisait de les voir passer, avachis sur leurs bancs de bois, secoués par les cahots, tenant à peine les rênes, l'œil brûlé par ces bouts d'horizon blancs et poudreux qui montaient à l'assaut de ce ciel d'argent fondu, déserté par les oiseaux.

En tête du convoi, Justin suivait d'un regard indifférent le lent balancement des croupes de ses chevaux. Un sourire lui vint. Il avait les poches pleines de pièces. De grosses pièces. Les vingt francs-or, les « Génies » et les « Marianne », il les avait mis à part, dans une petite bourse en cuir nouée par un cordon à l'intérieur de son pantalon. Bon sang ! Qu'est-ce que ça rapportait, la glace ! C'était plus cher que tout, que la soie, le champagne et le miel. Bien qu'employé, il gagnait le double de l'instituteur. Il salua d'un grand cri joyeux la Sainte-Baume, source de toutes ses espérances.

– Hé ! t'es devenu fada ? C'est le soleil qui te tape sur la tête ? lui lança le conducteur du second chariot.

– Je l'aime ! J'aime ma montagne !

L'autre haussa les épaules. Ce Justin n'était pas normal. Mais on ne le disait pas tout haut. Il le devait un peu au sang des Giraud, cette famille d'originaux qui dérangeait les Signois depuis le Moyen Age, et beaucoup à Magali, la diablesse qui lui consumait l'âme.

Justin se fichait bien des on-dit. La montagne grossissait, s'élargissait comme une promesse certaine qui se dressait dans l'avenir, posée sur les forêts. Son escapade avec la Marseillaise en dentelles était oubliée ; il n'avait pas le pied fait pour les souliers vernis. Tout son être tendait vers l'humus de la terre, les griffes des ronces, l'odeur des thyms et le musc des bêtes sauvages. Toute sa vie était là-haut où mouraient les oliviers, s'élevaient les rochers, où courait l'eau de l'automne. L'or se cachait au sein de ces transparences que le mistral transformait en cristal.

Dans sa poche, les pièces tintèrent. Il allait en gagner d'autres car il ne remontait pas à vide. Son fardier gémissait sous trois tonnes de tuiles et de tenons en acier commandés par le maître maçon Gravat. On ne revenait jamais à vide de la ville. Les chevaux soufflèrent. On arrivait sur la commune. La départementale longeait une zone livrée à une végétation rabougrie avant de redescendre vers le croisement de Toulon-La Ciotat-Marseille. Ce fut à cet endroit que le froid se noua à sa gorge.

– Oh là ! les *cavaou* ! cria-t-il à ses chevaux en tirant sur les rênes.

Au loin, venant du sud-ouest, un roulement se fit entendre. Le monde des cigales devint silencieux. Justin se dressa sur son banc et tenta d'apercevoir ce qui arrivait de Marseille. Dans le ciel, le soleil indiquait dix heures. Ce ne pouvait être les colporteurs en route pour Signes où le marché battait son plein ; ce n'était certainement pas la troupe cantonnée sur la côte ; les sabres et les éperons n'avaient plus sonné par ici depuis 1848. Ni les concurrents glaciers revenant des Bouches-du-Rhône, il aurait reconnu le bruit caractéristique des énormes roues sur les caillasses.

– Les rentiers ! lui cria le second cocher.

Il vit soudain apparaître le premier véhicule dans le virage. C'était plus que des rentiers. Toute la jeunesse dorée de Marseille et la finance provençale déboulèrent dans une joyeuse cacophonie. Dans une douzaine de cabs et de landaus hérissés d'ombrelles, des femmes et des hommes habillés à la dernière mode se laissaient bercer par le mouvement des ressorts. Ils semblèrent s'éveiller en découvrant les quatre fardiers avec leurs hommes couverts de poussière. Çà et là, des bouts de soie, de ruban et de satin jetèrent des lueurs, des bijoux brillèrent, des sourires éclatants apparurent sur les visages lisses et blancs des femmes accoudées aux coupés, tandis que les hommes se figeaient dans des attitudes théâtrales et hautaines sans quitter des yeux les poitrines savamment drapées de leurs compagnes.

– Bonjour ! s'écria une demoiselle pétillante qui flamboyait dans une robe légère couleur braise.

Justin lui répondit d'un signe de tête, gardant ses distances, ayant reconnu des familiers de Roumisse. Puis il pâlit. Elle lui apparut, renversée à demi dans une calèche ivoire, entourée de quatre jeunes filles qui emplissaient l'habitacle d'une neige de dentelles et de coulures d'or.

Camille eut un bref mouvement des yeux. Sa bouche s'arrondit sur un oh ! de surprise. Elle laissa tomber son ombrelle et un rayon illumina sa blondeur belle et froide de déesse nordique.

Entre eux, un fil invisible et électrique se tendit, réveillant des souvenirs et des interdits, leurs corps dans la moiteur de la borie, leurs reins soudés, leurs lèvres mouillées, leurs mains toujours à la découverte de plaisirs nouveaux.

Par quel sacrilège Justin était-il ainsi lié au banc de son chariot ? incapable de fuir devant le regard gris qui perçait son cœur de cruelles échardes. Ses compagnons attendaient qu'il donne un coup de fouet à ses bêtes, mais il demeurait figé, glacé, impuissant, regardant passer le rutilant cortège et s'éloigner la nuque blonde de la femme qui avait bouleversé sa vie. Des berlines suivaient. Chargées de serviteurs et de bagages, elles arrachaient des étincelles aux pierres sans cesse broyées par les jantes de fer.

– Justin ! Hé ! mon ami ! *Qué fas ?* Tu rêves... C'est pas pour toi, ce monde-là. Allez zou ! Direction le café, on a tous le gosier à sec.

Justin fit claquer son fouet au-dessus des échines, jugeant qu'il se trouvait assez éloigné de la calèche pour être hors d'atteinte de toute tentation. Dans ses poches, les pièces se remirent à tinter et l'avenir lui parut à nouveau radieux. Il ne distinguait pas les noirs amoncellements de la tempête.

Magali sortit du village par la rue Bourgade. Dans son dos, le bruissement du marché coulait comme une eau de source entre les vieilles façades ocre et jaunes. Elle regarda derrière elle pour se rassurer. Sa mère ne l'avait pas suivie. Elle fit encore des détours par les potagers, se cacha un instant dans le cimetière, puis remonta vers l'église en empruntant le lit du Raby. Sous le couvert des roseaux, elle se sentait forte, mais sa détermination s'émoussa au moment où elle dut quitter la protection de la rivière.

Devant elle se dressait l'église Saint-Pierre, avec son épaisse porte de chêne surmontée d'une archivolte en dents de dragon. Pour l'heure, cette bouche de l'an 1000 était fermée et un lézard gris chauffait ses écailles entre les deux clefs sculptées sur le claveau central. Jamais elle n'avait franchi le seuil de ce temple. Cet interdit, on le lui avait ancré dans le crâne alors qu'elle était en âge de marcher. Marthe tenta même de la faire cracher sur le parvis un jour de grande colère, mais Magali refusa net et courut se cacher dans les jonchaies du Raby. Il lui sembla qu'elle n'avait pas bougé depuis ce moment-là, enracinée depuis des années dans le terreau du ruisseau, attendant qu'un signe venu de cette Maison change le sens de sa vie.

Ses yeux glissèrent sur l'édifice, montèrent jusqu'aux quatre cloches du campanile, puis revinrent sur la porte close.

Que risquait-elle ? D'être foudroyée ? Précipitée en enfer avec Marthe ? D'être transpercée par la lance d'un archange ? Une rougeur lui monta aux joues. Qui se souciait d'elle en si haut lieu ? On allait envoyer un archange pour la punir ! Pensez-donc ! Et pourquoi pas Dieu en personne tant qu'elle y était ! La prise de conscience de son insignifiance la poussa à sortir du lit de la rivière et à se diriger vers l'église. A son approche, le lézard se détendit tel un ressort, disparut dans l'une des cicatrices de la façade.

Magali eut de l'appréhension en posant une main sur le vantail qui s'ouvrit sans un bruit. Dans la fraîcheur de la nef, elle cligna des yeux, emplissant ses prunelles d'un monde sombre et doux. C'était donc ici qu'ils se réunissaient tous les dimanches. L'allée étroite menait à l'étrave du vaisseau renversé où le Jésus souffrait sur sa croix ; une flamme brillait sur l'autel recouvert d'une nappe brodée par les habitantes du village. Elle s'était attendue à voir des statues baignant dans la lumière. Pas à cette pénombre. Des brumes légères flottaient devant les chapelles où se consumaient des cierges à un sou, rendant immatériels les saints habillés de vieil or et de plâtre. Ce voile léger et bleuté envahissait tout, faisait de cette vaste nef un lieu étrange où on glissait comme une ombre en entendant battre son propre cœur.

Magali s'émouvait. La vasque où avait été baptisée sainte Delphine était à quelques pas d'elle. Plus loin, sur la droite, on apercevait un tableau sur lequel la Vierge délivrait les âmes expiatrices. Elle s'avança lentement en longeant les pilastres noircis soutenant les voûtes. Elle eut un saisissement. Elle n'était pas seule. Deux femmes priaient avec ferveur dans une chapelle; des chapelets oscillaient entre leurs mains jointes toutes mouillées de larmes. Elle reconnut la veuve Trotobas qui, dans un mouvement brusque, rampa à genoux jusqu'aux marches de l'autel et y resta, baisant le marbre, marmonnant des regrets, des désirs, des vœux, osant à peine lever les yeux vers l'image parée d'une couronne.

Magali, gênée et fascinée à la fois par l'attitude presque démente de cette Signoise qu'elle avait toujours vue digne, sentit venir la peur. Il y avait trop de ressemblance avec ce qu'elle avait connu à Signes la Noire. Elle recula et faillit pousser un cri.

– Ne sois pas effrayée.

Le père Charles venait de surgir d'une travée. Il fixait sur elle ses grands yeux doux de myope. Elle voulut s'enfuir, mais il la retint par le bras.

– Il ne peut rien t'arriver ici... Tu le sais.

Non, elle n'en savait rien. Elle était dans le ventre d'un monde incompréhensible, plein d'une odeur d'encens qui lui tournait la tête et des regards extatiques des idoles.

– Il y a longtemps que je t'attends, continua le prêtre de la même voix pénétrante et chaleureuse.

Charles retenait son souffle. Cette petite, là, il se devait de la sauver. C'était lui le gérant des âmes. Cela faisait partie des obligations du curé qui administrait la paroisse depuis des temps immémoriaux. Magali jeta un œil vers les deux femmes ; la veuve Trotobas avait repris sa place. La mélancolie de leurs chuchotements s'épandait sous les voûtes et remplissait les ténèbres du narthex.

– Il faut savoir économiser ses prières, dit Charles sur un ton de reproche. Si tu le veux, je t'apprendrai à prier.

– Qui vous dit que je le veux ?

Il était sûr qu'elle le désirait. Elle avait tant amassé de lumière dans son regard porteur de tous les espoirs. Elle avait soif de Dieu, soif d'une autre vérité.

– Et puis, ce n'est pas ça que je veux... pas ça !

– *Qu'eou vougue* alors ?

Magali regarda encore autour d'elle comme un animal aux abois avant de lancer :

– Je ne peux pas vous le demander ici.

– Eh ben, sortons.

Ils quittèrent Saint-Pierre par la sacristie qui donnait sur un jardin potager, mais Magali n'était pas encore décidée à parler. L'église, trop proche, pesait sur elle de toute sa masse. Elle partit d'un pas rapide et Charles la suivit, empêtré dans sa soutane, ne sachant que faire du missel écorné dont il ne se séparait presque jamais.

– Par là ! Par là !

Magali se jucha sur le muret de pierres sèches qui bordait le jardinet et sauta de l'autre côté.

– Hé, ma fille, c'est le champ de Martine Rousset, derrière.

– On s'en fiche.

Il enjamba à son tour l'obstacle, montrant ses jambes grêles, blanches et torves à la jeune fille qui étouffa un rire. L'angoisse était passée, Magali était dans son élément. Sous sa poussée, les blés blonds de Martine pliaient et elle les tassait tandis que des dizaines de minuscules sauterelles lui chatouillaient les mollets et les bras. Dans son dos, Charles faisait de son mieux, se disant qu'il y avait plus de grâce à marcher sur ce sol déformé que sur le marbre des cathédrales. Il serait allé pieds nus sur les braises pour gagner l'âme de cette fille qu'il chérissait. Il le devait à Justin, son ami.

Ils arrivèrent devant un autre mur à moitié effondré. Des tombes, un agrégat de coffres enfoncés dans le sol, serrés autour de quelques édicules rognés par le temps, aux croix branlantes et dédorées, marquaient l'orée nord du cimetière.

– C'est la première fois que j'y entre par là. *Boudiou!* quelle aventure!

Il ne put éviter de monter sur une tombe et fut surpris de ne pas reconnaître l'endroit. Magali l'avait entraîné dans la partie la plus ancienne du cimetière. Çà et là, des vases cassés. Partout des pierres fendues, des fresques ternies, des anges rognés, des vierges décapitées. La désolation.

Magali semblait familière des lieux. Elle y venait autrefois avec sa mère, Marthe et Agathe. Les trois femmes la laissaient jouer dans ce labyrinthe de sépultures alors qu'elles procédaient à des rituels bizarres dans certains caveaux.

– Ici, ce sera bien, dit-elle. Jamais personne ne vient. C'est la partie que le conseil municipal veut faire raser.

Elle s'assit sans pudeur sur l'entablement d'une large pierre couverte de moisissures et d'un écusson aux armes méconnaissables. Charles s'essuya le front, il n'avait pas l'aplomb de la sauvageonne. Il demeura debout, tentant de lire les fragments d'épitaphe que la pluie n'avait pas encore effacés, mais il ne put déchiffrer qu'une date : 1422. « Première année du règne de Charles VII », pensa-t-il bêtement.

Magali avait retrouvé son air grave. Elle songeait au saut qu'elle allait accomplir, ne sentant pas les morsures du soleil qui dévorait le ciel, la terre et les ossements que les tombes délabrées vomissaient après les orages.

– Je t'écoute.

Charles était prêt à entendre une confession. Elles en venaient toutes là lorsqu'elles avaient un poids sur la conscience. Les jeunes, les vieilles, les bigleuses, les pulpeuses, les tordues, les madones, toutes. Au premier coup d'œil, il savait de quoi elles allaient parler. Cela tournait inévitablement au sexe, à la jalousie, à l'argent, à la peur de la mort. Une routine. Chose étrange, ces confessions répétitives et lassantes ne faisaient qu'aiguiser sa vocation. Il ramenait l'ordre dans ces têtes écervelées et ces cœurs fragiles, prodiguant les consolations en bon pasteur.

Cette fois, il ne pouvait se fier à son intuition. Il était trompé par l'apparence de Magali... et troublé. Elle avait la hanche brusque et ondée, la chair lisse et ferme, le visage ancien et sensuel d'une grande prêtresse des nuits païennes de Carthage.

– Je veux être baptisée ! lui dit-elle brusquement.

Charles écarquilla les yeux. Sa bouche s'ouvrit pour une réplique, mais il n'en échappa qu'un gargouillement. Baptisée ? Elle ne l'était pas ? En voilà une mince affaire.

– Il faut que cela se fasse vite ! continua Magali.

– Tu es une vraie païenne ?

– Hé, oui, mon père. Comment, vous ne le saviez pas ? Vous êtes depuis quinze ans à Signes et vous ignoriez que la fille du Diable n'appartenait pas à votre troupeau. Que vous racontent-elles donc toutes ces agasses qui viennent tous les jours dans votre confessionnal ? J'ai pas de père ! J'ai pas de Dieu ! J'ai mon Justin et je voudrais bien qu'il me passe l'anneau.

Magali s'énervait. Elle le trouvait empoté ce curé dont on louait l'intelligence et l'énergie. Dire que Justin ne jurait que par cet homme ! Il était bien comme les autres : coincé par ses préjugés. Elle allait bondir hors du cimetière quand Charles lança :

– Demain ! Je te baptise demain.

Elle se retourna, le toisa. Il semblait transformé, heureux. Alors elle ajouta :

– Pas dans l'église !

– Mais...

– Au Raby. Près du moulin de la cascade. Comme aux premiers âges. A dix heures. J'aurai un parrain et une marraine.

Sur ces mots, elle le planta là. Charles demeura seul, longtemps, perdu, puis il se mit à prier pour tous ces morts que plus personne ne venait honorer, les prenant à témoins, offrant ses mains jointes au soleil qui purifiait tout.

Pour la sixième fois, il se dépêcha d'avaler le liquide, très soulagé d'en avoir presque fini avec cette obsession qui l'embarrassait. Justin contempla le fond de son verre. Il eut conscience de se faire du mal, mais en un sens cela ne lui paraissait pas important. Il fit un signe imperceptible de la main à Olive derrière son comptoir. Le cafetier comprit aussitôt et versa ce vin de Cassis qu'on réservait habituellement aux clients aisés du dimanche. Perplexe, le gros patron du Café de France observa le glacier, s'attendant à une confidence, mais Justin se contenta de caresser du regard le sang noir de la vigne qui moussait un peu en coulant.

Il n'avait pu se résoudre à grimper à la Salomone après sa livraison chez Gravat. Le maître maçon lui avait payé le coup chez Bouffier aux Acacias. Et de coup en coup, des Acacias à l'Avenir, puis de l'Avenir au Jet-d'eau, il s'était retrouvé accoudé au zinc du France, éclusant l'alcool en silence. De grands miroirs habillés de moulures donnaient un air distingué au bouge d'Olive. Selon les angles, on se voyait à l'infini dans le crépuscule permanent de la salle enfumée. Les rideaux devant les deux fenêtres ouvertes flottaient, laissant tomber une lumière jaune sur les tables assaillies par les joueurs de cartes dont les braillements semblaient rebondir sur les miroirs avant de ricocher sur les façades des hautes maisons de la place. Les marchands étaient repartis, laissant un monceau d'épluchures que les pigeons et les mouches se disputaient avant l'arrivée des cantonniers sanglés dans leur bleu de travail.

Les litres circulaient. Les mordus de l'absinthe rêvaient. Un homme, le tailleur Imbert à la redingote démodée, sortit en titubant et alla vomir son emplâtre au pied d'un platane. La routine des après-midi d'été. Olive haussa les épaules. Il haussa le ton pour calmer les quatre fromagers Bonifay, Canolle, Hermitte et Bazan qui se livraient une guerre sans merci à coups d'atouts et de gros mots. Dans un coin, le baron Guilibert de la Bastide-Basse lisait le journal. Dans un autre, les minotiers Désiré et Cadières faisaient les comptes de la journée, tandis que Garnier l'éleveur d'abeilles buvait son cinquième café arrosé de gnole. Faisant le tour du comptoir, soufflant comme si l'effort était prodigieux, Olive jeta de la sciure sur les tommettes. La routine, encore. Une seule chose agaçait le cafetier. La présence de Justin Giraud. Ça lui gâchait la journée de se creuser la cervelle sur le cas du glacier. Ce dernier n'était pas un fidèle de l'après-midi. On le connaissait sobre hors des fêtes du village. Qu'avait-il donc à noyer, l'arrogant paysan de la Salomone ?

Olive redressa sa face cramoisie qu'il essuya d'une main pleine de sciure.

– T'as des soucis, *pitchoun* ?

Il y avait de la ouate dans la voix polie et paternelle du gros bonhomme mais Justin ne s'y trompa pas. Le glacier tourna vers lui un regard aigu où s'allumaient des flammes et le jaugea. Il y vit ce que tout le monde découvrait dans les plis de ce visage graisseux et que les gens d'ici appellent le *garihas*, la saleté causée par l'eau stagnante. Il ne fallait pas livrer de secrets à cet homme.

– Occupe-toi de tes affaires !

– Mais je m'en occupe, mon bon ! Je m'en occupe ! répliqua Olive piqué par le mépris de Justin. Même que si je mets de la sciure en ce moment, c'est pour éviter que les porcs de ton espèce rendent leurs tripes sur mon sol. T'es pas beau à voir, tu sais ! Y manquerait plus que tu t'étales chez moi.

Olive s'emportait. Cela lui faisait du bien de cracher sa bile sur quelqu'un, surtout sur un Giraud. Il se foutait de perdre un client occasionnel. Le baron releva la tête. L'éleveur d'abeilles posa sa tasse. Les minotiers suspendirent leurs comptes. Hermitte n'abattit pas son as de cœur sur le feutre. Aux autres tables, on se tut. Chacun mesura le danger. Olive jouait au matamore, mais il n'avait rien d'un « tueur de Maures » ; les seules batailles qu'il livrait, c'était au fond de sa cave contre les rats nichant entre les futailles. Son ton baissa quand il vit l'étrange lueur qui passa dans les pupilles de Justin.

– C'est pour ton bien que je le dis !

Il était trop tard. Justin le prit au col.

– Tu vas te taire, cafard !

– J'ai rien dit ! Sortez-moi de là vous autres !

Les autres, accablés par la chaleur, souriaient vaguement. En leur for intérieur, ils encourageaient Justin. Ils n'aimaient guère ce voleur d'Olive qui trafiquait ses vins. Sa popularité en baisse, le cafetier voulut résister, plaquant sa bedaine contre le ventre du glacier, le sang lui monta à la tête. Ses galoches glissèrent dans la sciure, traçant deux sillons sur les tommettes pendant que Justin le repoussait. Les deux hommes se retrouvèrent dehors. Ils précédaient la bande des joueurs de cartes d'où partirent les premiers cris : « A l'eau ! A l'eau ! maître Olive ! » « Vas-y, Justin ! Décrasse cette couenne ! »

Quelques volets s'ouvrirent. Des femmes en corsage blanc se joignirent à la joyeuse confusion. Cela leur faisait du bien de voir le cafetier malmené. Par la faute des tenanciers de débits de boissons, beaucoup d'hommes perdaient leur emploi et beaucoup d'autres échouaient à l'asile. Elles jubilèrent quand Justin souleva le gros paquet de lard et le lança dans la fontaine des Sorcières. On entendit Olive suffoquer, couiner, demander pardon, insulter ses clients quand le glacier partit sous les applaudissements des Signois.

La chaleur était atroce. Il n'avait pas plu depuis le 14 juillet et un mois avait passé. Parfois, des nuées d'orage entassaient des piles noires au-dessus des montagnes et un vent fou sentant le soufre se ruait dans les ravines, mais il ne pleuvait pas, ou il pleuvait ailleurs, au grand désespoir des paysans. Les fontaines ne libéraient plus la moindre goutte, les bassins étaient à sec, de la pestilence montait des citernes. Seuls les puits profonds donnaient de l'eau.

Magali ramena le seau à la surface. Ses bras lui faisaient mal. C'était la dixième fois qu'elle répétait l'opération. Les bêtes avaient soif. Surtout les vaches dans l'étable. Après chaque coup de reins, elle posait le récipient sur la margelle et laissait courir son regard sur le chemin. Une réverbération blessante émanait de cette bande caillouteuse qu'elle avait empruntée quelques heures plus tôt. Elle était inquiète : Justin n'apparaissait pas. Elle s'usait les yeux à force de scruter l'horizon. Elle aurait dû entendre le chariot, mais l'espace, d'un bout à l'autre de la Provence, appartenait au chant des cigales. Ce zézaiement des millions de fois répété finirait par la rendre folle. Et s'il lui était arrivé un accident ? La route est si dangereuse. La glace si difficile à transporter. Sans compter tous les concurrents prêts à tout pour s'octroyer le monopole du froid.

Une journée pourtant bien remplie. Charles avait donné son accord. L'oncle Giraud, Antoine le coiffeur, se faisait une joie d'être le parrain. Adrienne Rupert, la cousine de Justin, n'avait pas caché son émoi en acceptant de devenir la marraine. Magali s'empara du seau, rivant une dernière fois son regard sur ce chemin traînant sa blancheur du nord au sud.

La petite était inquiète. Amédée aussi. Calé dans sa chaise, à l'affût derrière les carreaux, condamné à suivre le destin circulaire du soleil, il contemplait la terre qui se dépouillait de toutes ses ombres. Ses intuitions, aiguisées par des années d'immobilité, s'enfonçaient plus loin que les prémonitions d'Henriette. Sa femme suivait immuablement le cours des événements rythmé par les deux fêtes de la Saint-Jean d'hiver et de la Saint-Jean d'été. A la Saint-Éloi, elle revêtait ses plus beaux atours pour danser

Les Jardinières; entre la Saint-Bernard et la Saint-Augustin, elle participait à la mise à mort du coq sur l'aire du blé. Elle allait ainsi de saint en saint qui bornaient la voie sûre de sa vie et de toutes les vies de la Sainte-Baume. Sans distinguer avec netteté quel serait l'avenir de la Provence, Amédée pensait que ce monde allait disparaître dans le fracas du siècle nouveau.

« Où est-il, ce bougre ? » se demanda-t-il tout haut en associant son fils à ce XXe siècle tant redouté. Selon lui, Justin était comme un tigre à l'affût à l'orée d'une forêt. Mordu par l'ambition, il allait vouloir bientôt jouer un rôle. Loin d'ici. Cette certitude lui fit mal. Pendant de longs instants, il vit la Salomone abandonnée, les champs livrés aux ronces, sa propre tombe oubliée au fond du verger. Puis il revint à son observation, attiré par la réapparition de Magali près du puits. La jeune fille laissa tomber le seau au fond du trou et le remonta à toute vitesse. Elle s'aspergea le visage et les bras d'eau avant de lisser sa longue chevelure.

« Il arrive », se dit Amédée en bourrant sa pipe. Tout allait rentrer dans l'ordre. Ces deux-là lui feraient de beaux enfants, et peut-être que la Salomone allait être sauvée. Il cligna des yeux en prenant le soleil à témoin. Avait-on besoin d'électricité et de moteurs à explosion dans ce coin de paradis ? Le siècle d'acier et le progrès ne les atteindraient jamais. Jamais !

Comme elle se trouvait dans la moiteur de l'étable bourdonnante de mouches et qu'elle entendait le bruit de ses pas écrasant la paille, elle perçut l'écho du roulement de la voiture. Magali se précipita au puits, se débarbouilla et attendit, le cœur battant.

Le fardier se matérialisa au milieu du chemin avec une rapidité mystérieuse, faisant taire les cigales. Les roues grinçaient, broyaient les pierres, les sabots martelaient, ébourraient la terre sèche. Ce tonnerre, comme une tempête dans un conte de fées, transforma le paysage. Justin encourageait ses bêtes. Le fouet claquait. Une poussière d'or se soulevait, le nimbant, lui donnant une dimension surhumaine.

Il la vit et se sentit à la fois troublé et ragaillardi. Il ne voulait plus penser à sa rencontre avec Camille, mais naturellement, ce n'était pas aussi facile. Soudain, il remarqua les ombres des arbres fruitiers et put à peine en croire ses yeux. Il était plus de trois heures. Il avait cinq heures de retard. Magali devait se ronger les sangs. Il s'en voulut. La catin de Marseille avait absorbé son imagination et son argent dans les cafés pendant plus de cinq heures. Il avait tout oublié, son bonheur, Magali, la Salomone, la montagne sacrée. Il rejeta le visage de Camille et sauta du haut de son banc.

Magali courait vers lui. Il s'élança, la cueillit dans son élan pour la faire tourner jusqu'à ce qu'ils perdent tous deux l'équilibre. Ils tombèrent, s'embrassèrent, se cherchèrent.

– Viens !

Elle l'attira, lui montra le chemin du bois. L'angoisse était partie. Un brusque désir l'avait remplacée. Elle oublia le baptême. L'amour comptait plus, l'amour avec ses plaisirs, ses assouvissements, ses feux, ses élancements de la chair. Elle se fichait de son retard, elle voyait bien qu'il avait un peu bu. Elle délaça son chemisier de grosse toile dans la course. Et quand elle se pencha pour éviter les branches basses d'un noisetier sauvage, Justin vit ses seins, la sueur qui perlait entre les mamelons, les pointes gonflées.

Elle s'abattit sous un chêne tapissé de feuilles mortes, releva sa jupe d'un mouvement brusque comme s'il y avait urgence qu'il la prenne là. L'attirant à elle, ses mains rampèrent un moment le long de son dos, ses doigts passèrent sous la ceinture, cherchant la peau sous la chemise.

Justin sentit les ongles sur ses reins, la pression sur son ventre. Il eut l'impression d'être noyé dans l'ombre chaude de la forêt, lourde de senteurs puissantes. Toutes ces odeurs, celle musquée du panicaut, celle mentholée du calament, les effluves de la santoline et des scabieuses, les fragrances du fragon et du genévrier de Phénicie leur montaient à la tête, exacerbaient leurs sens. Il ploya brusquement son corps, s'enfonçant en elle d'un coup, se pliant aux mains amoureuses qui imprimèrent la cadence. Alors elle se mit à haleter, à le baiser sur la bouche, à le mordre, à l'étouffer sur sa poitrine jusqu'à ce qu'il crie.

4

Les grillons chantaient quand Justin partit pour les glacières. Magali ne put se rendormir. Elle n'aimait pas rester seule dans le lit fripé, meurtri, ouvert avec ses draps traînant sur le sol. Elle n'aimait pas que son homme s'aventure en plein milieu de la nuit dans les garrigues où rôdaient les braconniers et les gens de Roumisse. Justin se tuait au travail; il le fallait bien pourtant... Heureusement, elle n'avait pas peur, se répétait-elle sans trop réfléchir à son affirmation. Le pire ne pouvait pas leur arriver, à eux, qui vivaient à l'ombre de la Sainte-Baume, sous la protection bienveillante de Marie-Madeleine.

Lorsque les oiseaux se mirent à piailler dans la forêt et que la terre s'éveilla, Magali chassa ses langueurs, se laissant pénétrer par les murmures de la terre. Elle entendit Henriette aller et venir dans la salle commune.

Magali la surprit penchée sur le visage d'Amédée, le rasoir au manche nacré dans une main, une serviette mouillée dans l'autre. Le père de Justin eut un sourire pour la jeune femme avant de livrer son menton à la lame.

Ces deux-là s'étaient retrouvés, même s'ils se parlaient peu. Depuis Noël, ce n'était plus le silence du ressentiment, mais au contraire, le sentiment d'une intimité trop parfaite pour être exprimée par des mots. Ils passaient la veillée ensemble, ne disaient rien, écoutant les autres, contents simplement d'être en présence l'un de l'autre. Parfois, se regardant brusquement, ils échangeaient un petit signe qui ressemblait à une caresse.

– Tu t'es levée tôt, constata Henriette.

– L'oncle Antoine m'a promis des tomates, je vais le retrouver au Raby avec Adrienne ce matin... Il arrose.

– Ah bon! dit Henriette en songeant aux belles tomates qui poussaient en bas, le long de la rivière, de beaux fruits rouges gorgés d'eau et de soleil comme elle aurait voulu en avoir ici, mais à la Salomone, les tomates mûrissaient en septembre.

Magali avait préparé son mensonge. Cependant son cœur battait fort. Elle pensait à l'eau du Raby qui allait couler sur sa tête, la purifiant d'un coup, la lavant de tous les péchés de Signes la Noire et la délivrant à jamais de sa hantise de l'enfer. Elle se servit une assiette de soupe. Le bruit de sa cuillère se mêla à celui du rasoir; elle se força à avaler, écœurée soudainement par l'odeur du savon, de l'huile d'olive, de l'ail, des carottes bouillies et des herbes aromatiques.

Que se passait-il? La nausée l'envahissait. Elle repoussa l'assiette, sortit de la pièce sans éveiller les soupçons du couple. Elle respira l'air frais des collines, mouilla ses mains à la rosée des herbes avant de les porter sur ses joues. Cela lui fit du bien.

– Je suis prête !

La voix d'Adrienne. Magali se retourna. La cousine de Justin devait la guetter ; elle était sagement assise sur le perron de la maison voisine, sa large jupe rouge retroussée sur ses mollets bruns, un panier vide sur les genoux, ses cheveux lisses et noirs retombant de part et d'autre de son fin visage de poupée provençale.

– Moi aussi ! Attends-moi, je vais chercher un couffin.

Elles allèrent jusqu'à Château-Vieux, une grande ruine qu'elles craignaient malgré la présence de la chapelle de Notre-Dame l'Éloignée. Cette ancienne place forte, encore agrandie par le majestueux piton sur lequel elle était juchée, gardait la mémoire des terribles chevaliers de l'an 1000. Des légendes couraient sur ces revenants qui avaient pour noms Guigo, Raficoth, Thébert, Fouque le borgne, Arlulfe le boiteux, Bertrand l'éventreur...

Les deux amies échangèrent un regard quand la brise fit trembler bizarrement les chênes qui mangeaient tours et donjon depuis des siècles, puis elles éclatèrent de rire en se voyant si humbles et si piteuses sur le gai chemin qui plongeait vers la vallée.

Déjà le soleil chauffait, la belle matinée d'août riait sur les champs en contrebas. Des pies et des rouges-gorges voletaient entre les oliviers, piquaient vers la rivière dont on ne distinguait pas le lit. Au loin, un chien aboya, la cloche de Saint-Pierre égrena un vague bourdonnement, des paysans courbés fouillaient la terre avec leurs bêchards. Elles aperçurent la haute stature d'Antoine.

Le coiffeur récoltait ses pommes de terre. Il attaquait à grands coups les mottes dures et sèches couvertes de fanes mortes avant de les retourner. Alors apparaissaient les tubercules blonds et lisses qu'il ramassait par grappes et jetait dans une caisse derrière lui.

Magali et Adrienne coupèrent à travers les restanques. Il vit ces deux fleurs bleues et rouges descendre vers lui. A chaque bond, les corolles de leurs jupes se soulevaient, découvrant des jambes fines et nerveuses. Pendant quelques secondes, il se sentit ému par cette chair à peine entrevue, puis son mal aux reins lui rappela qu'il n'était plus fait pour les désirs violents. Il soupira, se baissa pour ramasser une énorme pomme de terre.

– Hé, *pitchounes*! c'est pas du beau ça!

Il la fit tourner autour de ses doigts avec un petit gloussement de fierté, mais les filles ne s'extasièrent pas comme il l'espérait. Alors il la balança dans la caisse avec un soupir de dépit. Cette génération ne savait plus apprécier les trésors de la terre. Lui se souvenait des histoires de son grand-père, d'un temps où les pommes de terre ne se cultivaient pas, d'un temps de famine. On se bourrait l'estomac comme on pouvait, avec des raves, du raiponce, du panais et des campanules. Bon Dieu! qu'elles étaient belles, ces deux garces! Elles venaient de s'asseoir sur le tas de bois qu'il destinait à sa cheminée et elles le contemplaient de leurs grands yeux noirs et malicieux.

Se redressant à nouveau en grimaçant, il marcha, les mains sur les hanches, en direction de la rivière. Sa chemise blanche et une gourde pendaient à une branche. Il s'empara de la seconde, laissa couler le vin au fond de sa gorge. Ça lui fit du bien, il en oublia ses reins cassés. Par chance, il possédait le salon de coiffure ; il n'aurait pas voulu gagner sa vie en s'escagassant le corps de l'aube au crépuscule comme la plupart des Signois. Une deuxième lampée de vin lui fit monter le sang aux joues.

– Soyez raisonnable, mon oncle, lui dit Adrienne.

La brunette avait entraîné Magali sur le bord du Raby. Des truites filèrent. Elles regardèrent ces traits noirs disparaître sous les racines immergées.

– Vous en voulez ? proposa Antoine en tendant sa gourde.

– Ah ! non ! s'écria Adrienne.

Et comme pour affirmer sa volonté de ne pas toucher au vin, elle s'accroupit, puisa de l'eau à la rivière pour s'humecter les lèvres.

– *L'aigo fai véni poulido !* lança-t-elle en riant à son oncle.

– L'eau fait peut-être devenir jolie, mais je la préfère dans l'absinthe !

Il rit à son tour, puis tenta d'attraper une truite pour la plus grande joie d'Adrienne qui s'esclaffait à chacune de ses tentatives. Magali resta en retrait ; le cœur n'y était plus. Une crainte, chaque minute, s'accroissait à l'approche du baptême. A un moment, elle s'affaissa dans l'herbe, se demandant ce qu'elle faisait là avec ces deux nigauds insouciants, imaginant un prétexte pour remettre à plus tard la bénédiction. Elle sentait vaguement circuler autour d'elle quelque chose de funeste et d'incompréhensible mais elle n'osait faire appel à ses dons pour en deviner l'origine.

A nouveau, elle entendit l'aboiement du chien. C'était un aboiement grave. Il n'appartenait pas à un chien de berger. Son imagination travaillant, elle se figura une bête mauvaise descendant des Espessoles.

– Eh ben ! En voilà des coquins de parrain et de marraine !

Antoine et Adrienne qui pataugeaient dans le courant cessèrent de taquiner les truites. Magali alla à la rencontre de Charles. Le curé allait droit à travers les rangées de haricots, de courgettes et de salades, enjambant les lignes vertes sans se soucier de casser quelques tiges. Cette présence sombre paraissait incongrue dans ce jardin de lumière.

– Je me demande si tu as fait le bon choix ! cria Charles en contemplant l'oncle et la cousine qui sortaient du ruisseau, les vêtements trempés.

Il aurait préféré qu'on l'attende dans le recueillement, en habits propres. Après tout, il ne leur demandait pas d'être à genoux et de prier, mais de faire preuve de respect. Il soupira. C'était ainsi qu'on se dévoyait, qu'on faisait des enfants trop tôt, des hommes soûls, des femmes malheureuses et toutes sortes de mécréants qui demandaient pardon à Pâques et à Noël dans son église. Pendant un moment, son regard de myope se perdit dans l'eau vive du Raby et il pensa à saint Jean-Baptiste et à Jésus, au Jourdain sous le ciel de feu de Judée, puis il se tourna, rasséréné, vers Magali et dit ce qu'il avait appris dans l'évangile selon saint Matthieu : « C'est ainsi qu'il nous convient d'accomplir toute justice. »

Elle était descendue dans le lit de la rivière avec Charles. Alors vint le mystère, la transformation de l'âme et de l'esprit. Il n'y eut plus rien au monde que la voix du prêtre, l'eau froide qui coulait sur elle, cette eau qui apaisait tout et donnait un sens à la vie.

Sérieux à présent, Antoine et Adrienne se tenaient sur la rive, écoutant Charles qui parlait d'espérance, d'amour, du monde. Les collines fauves et blanches alentour, les oliviers, les pins, les chênes, la garrigue, les oiseaux paresseux dans le ciel, le soleil implacable, le sillon d'ombre de la rivière, tout cela avait un centre et c'était Magali à genoux dans le Raby.

L'animal poussait les buissons du poitrail, reniflait les souches, tendait le mufle, étonné par tous les parfums subtils venant lui chatouiller la truffe. Dans sa progression, il fit s'envoler des pigeons et sortir un lièvre des fourrés. Il aurait voulu le poursuivre, mais la présence de son maître à cheval à cinq ou six pas derrière lui interdisait toute escapade. Il craignait son maître. Homme cruel dont il gardait en mémoire les coups de cravache. Il se mit à aboyer quand un paysan de la Bourrillone se montra au perron de sa ferme.

– Laisse ! intima l'homme à cheval.

Le paysan brandissait une fourche. L'homme à cheval tourna bride ; il était sur les terres des Espinasse, puissante et noble famille de Signes. Il coupa à travers bois, voulant mettre le plus de distance possible entre lui et la propriété des comtes provençaux. Il aurait voulu tout posséder, les trois rivières de la commune, la Sainte-Baume, le monde. Tout ! Il pouvait déjà se targuer d'avoir quelques dizaines de milliers d'hectares ici et aux alentours d'Aix. L'attitude du paysan l'avait énervé. Il ne sentait même plus les branches basses des pins lui fouetter le visage. Il donnait de l'étrier dans les flancs de sa monture peinant sur le terrain accidenté ; et il gardait un œil sur le chien qui flairait une nouvelle piste.

Il traversa un chemin, sauta une restanque, écrasa des massifs de genêts, tira violemment sur les rênes. Il y avait des gens dans le Raby. Une fille, un prêtre dans le courant et un couple sur la rive qu'il ne connaissait pas. Il est vrai qu'il ne se rendait jamais à Signes, préférant honorer l'église de Cuges dont le village s'étirait le long de la route de Marseille.

Ce coin lui était inconnu. Les montagnes couronnées de rochers se dressaient, hautes et majestueuses. Une cascade tombait des hauteurs de Château-Vieux, jetant un voile de brume sur un moulin blotti au pied de la falaise. Sous le ciel limpide, la petite vallée était tellement riche de cultures et d'arbres fruitiers, tramée comme une étoffe écossaise, qu'il en fut ébloui. Le paradis existait ; il en avait l'image sous les yeux. Et au creux de cet Éden, la plus belle des créatures recevait la bénédiction d'un prêtre.

Sur le moment, ils ne s'aperçurent pas de la présence de l'étranger. Inspiré, Charles s'était lancé dans des interprétations de l'Évangile, insistant sur « la promesse de l'eau vive » et « l'onction de Béthanie ». Soudain, un grognement lui coupa la parole. Adrienne prit peur. Antoine se saisit du bêchard.

Un chien noir, énorme, musculeux, venait d'apparaître sur l'autre rive. Il pointa son mufle en direction de Magali et de Charles, montrant les crocs.

– Du calme, Néron !

L'homme à cheval sortit de l'ombre. Son regard croisa celui de Charles et d'Antoine en qui il vit de sérieux adversaires, puis il revint sur la jeune fille au corsage blanc et mouillé. Le coton humide laissait deviner la forme de la poitrine, les cercles bruns des aréoles que l'eau fraîche avait durcies.

La fille aux yeux noirs l'observait. Elle semblait sur la défensive. Elle sentait peser sur elle le regard de l'étranger, quelque chose de fort et d'impudique qui lui fit croiser les bras sur ses seins.

L'homme à cheval se fichait d'être la cible de tant de mépris. Devant cette nymphe, il se trouvait pris d'un désir de jeune homme, d'une soif de chair ferme, d'une passion immédiate et violente.

– A qui avons-nous l'honneur, monsieur ? demanda Charles en faisant rempart de son corps devant Magali.

– Monsieur Roumisse, de Font Mauresque, pour vous servir.

En eux descendit un froid. Magali recula comme sous l'effet d'un choc. Le père de Camille, sa rivale. Tout le passé, si proche, afflua. La trahison de Justin, la guerre des glaciers, le sanglot du rire cassé de la vieille Marthe. Ce passé lui déchirait le cœur. Cet homme maudit venait d'ouvrir une brèche dans son bonheur. Une lourde phosphorescence habitait le regard clair de Roumisse, une lumière qui n'éclairait pas, ne réchauffait pas, mais la dévorait tout entière. Le maître des glaces, qui avait été l'un des artisans de la gloire des bastides de la Sainte-Baume, était là pour détruire, anéantir, les effacer tous de ce pays de rêve.

– Vous êtes sur les terres d'Antoine Giraud! lança-t-elle.

– La petite dit vrai! enchaîna Antoine. Vous êtes dans mon jardin et je vous prie d'en sortir. Nous n'avons nul besoin de vous ici. Retournez voir là-haut s'il reste de la glace dans vos tours. Si elles sont vides, partez à Marseille avec votre *chin mascara* [1].

Giraud! C'était à cause d'un des bâtards de cette famille que ses nuits s'emplissaient de mauvais rêves. Roumisse en avait passé des heures à arpenter sa chambre et son cabinet depuis que ce salopard de Justin avait déshonoré sa fille. Cette liaison « contre nature » l'avait surpris comme la foudre, brisant en un clin d'œil cet orgueil sur lequel il avait si soigneusement veillé, qu'on lui avait légué et qu'il avait décidé de léguer à Camille.

Il ne put maîtriser le tremblement de sa main,

1. Chien noirci.

cravacha violemment son cheval. Le hennissement de douleur de l'animal fit mal à entendre.

– On se reverra ! cria-t-il en dardant son regard sur celui de Magali. Ils le regardèrent partir, puis disparaître suivi du molosse derrière le rideau des arbres. Puis ils entendirent encore hennir le cheval !

– Ça ne devrait pas exister, des êtres pareils ! lâcha Antoine.

– Le mal appelle le mal, et du mal il ne sortira jamais que du mal, jusqu'à ce que les temps soient révolus. Je prierai pour cet homme, dit Charles. Rentrez chez vous à présent et gardez le secret.

Victorine avait tout vu, tout entendu. Cachée dans un repli du terrain avoisinant celui d'Antoine, elle avait assisté à cette ridicule cérémonie, puis l'autre sur son cheval était venu, reluquant Magali. Le Roumisse, elle le haïssait, peut-être plus que les Signois. En le reconnaissant, elle avait craché trois fois vers lui. Du coup, le baptême de sa fille était passé au second plan. Le mal. Elle le portait en elle, il était comme un puits d'ombre dévastatrice. Il venait de loin, du temps où elle avait l'âge de Magali. Et elle allait le faire partager à tous. A tous !

5

Tout au fond de la tour, il y avait peu de lumière. Sa lampe à pétrole jetait un halo sur un fouillis de claies en osier, de branchettes, de paille écrasée. Justin en ressentit du dépit. La campagne était terminée. Par endroits, la glace apparaissait encore en plaques, mais on ne pouvait même pas en tirer six sous.

– C'est fini ! cria-t-il.

Il entendit résonner sa voix dans le ventre de la glacière, puis celle de Joseph Viguière, son patron :

– On nettoie ! Je t'envoie des bras !

Tout en haut, à une vingtaine de mètres, il entrevoyait à peine Viguière penché au-dessus de l'ouverture. Le bonhomme à la vareuse large semblait flotter dans l'échancrure lumineuse de la tour. Il aperçut d'autres ombres à côté de son patron, puis ces ombres quittèrent la porte du ciel pour se laisser glisser le long des cordes suspendues aux poulies. Deux compagnons de Méounes et un solide gaillard du Castelet le rejoignirent. Il leur donna des ordres, récupéra les grandes banastes envoyées de la surface et le nettoyage commença.

Au bout de quelques heures, les hommes réduits à un rôle de bêtes dociles et laborieuses cessèrent de parler. Les lampes à pétrole se croisaient, dansaient au milieu des débris, couraient le long de la courbe en pierres taillées. Les banastes se remplissaient, remontaient à la lumière et on entendait couiner les poulies, souffler, grogner, jurer. L'air était devenu irrespirable. Justin eut conscience d'avoir mal partout, mais il s'en accommodait. Les glaciers s'habituaient à la souffrance. On tenait par moins vingt ou par plus trente degrés et quand on renonçait, il ne vous restait plus qu'à devenir garde-champêtre, taffetassier, tondeur de chiens ou joueur de boules. Malgré la douleur des muscles, l'humidité, le fatras boueux et glacé dans lequel il s'enfonçait, il souriait, poussant sa pelle carrée devant lui, chargeant son panier sans ralentir un seul instant. Il poursuivait toujours le même rêve doré, se disant que chaque coup de pelle valait un centième de sou et qu'au bout du compte, il y aurait le pactole distribué par Viguière. La saison avait été fructueuse et il avait économisé de quoi acheter un lopin de terre. Son idée, un secret, était d'acquérir une parcelle près de Signes, dans la vaste plaine qui s'étendait de la chapelle Saint-Clair à la bastide de Beaupré, et d'y planter de la vigne américaine. Le vin, tout le monde en buvait. A Toulon, les ouvriers de l'arsenal achetaient leurs cinq litres par jour ; il y avait les savonniers, les dockers, les marins, les maçons de Marseille qu'il fallait aussi abreuver. L'avenir était là, dans ces fleuves de vin qui jailliraient du Languedoc, de Provence et d'Algérie. Il pensait à tous les articles spécialisés sur la question qu'il avait lus dans les journaux quand un éclat de voix tombé du ciel attira son attention.

– Non!

– Une seconde.

– Il n'en est pas question, mademoiselle! Vous n'êtes pas à votre place... Je vous interdis.

– Justin!

Justin se figea.

– Justin, c'est moi, Camille!

Il y eut comme un arrachement brusque. Il n'était plus au fond de la glacière, mais au creux de leur grotte d'amour, au sein de ce salon marseillais où il avait perdu son honneur. Camille était au ciel et lui en enfer. Il la découvrit. Sa silhouette se découpait dans la lumière de l'embrasure, fragile, dangereusement courbée au-dessus du vide. Il prit peur.

– Recule!

– Rejoins-moi! je t'attends.

Sur cette invitation, elle lui lança quelque chose qui tourbillonna le long de la paroi avant de se poser à ses pieds. Sa lanterne alluma de courtes flammes de cristal sur les morceaux de glace épars et éclaira le mouchoir brodé aux initiales de sa maîtresse. Alors il cria :

– J'arrive.

Il n'avait nul besoin de l'aide de la poulie. Il se saisissait de la corde pour entreprendre l'ascension de la tour lorsque Viguière hurla à ses compagnons de le retenir en bas.

Les Méounais et le gaillard du Castelet se précipitèrent sur lui, mais sa force était décuplée. Du pied, il repoussa les deux premiers et assomma du poing le géant. D'un seul coup, comme on cogne un bœuf sur le front.

La remontée fut rapide. A peine rétabli au sommet de la glacière, Viguière le cueillit au collet et l'envoya bouler contre une charrette.

– Tu n'iras pas avec elle !

– Qui va m'en empêcher ! Vous ?

– Mon garçon, tu vas te mettre dans le *mistrado* !

Le mistrado, c'était un vent d'orage de mistral, un tourbillon terrible qui cassait arbres et hommes. Justin, dubitatif, regarda Viguière, puis le ciel serein au-dessus des montagnes aux rondeurs scintillantes. Sur le chemin, un cab attendait. Camille tenait les rênes d'un couple d'alezans. Elle était seule. Pas le moindre souffle de vent n'agitait ses longs cheveux blonds. Le reflet de tout cet or répandu sur ses épaules illuminait son visage.

– Le mistrado est déjà passé, répondit Justin en pensant aux saisons précédentes. Ce qu'il avait enduré ne pouvait se reproduire, ne se reproduirait jamais !

– Pense à Magali...

– C'est mon affaire !

Justin planta son patron qui murmura à plusieurs reprises : « Le pitchoun se perd, Seigneur venez-lui en aide. »

D'un bond, il fut dans le cab, s'empara des rênes et du fouet et commanda aux chevaux de trotter.

Pas un regard pour Camille. La jeune fille attendait, l'observant de biais, mollement alanguie sur le siège de cuir capitonné, jouant avec une broche de prix piquée dans le corsage ouvert et frangé d'une dentelle de Bruxelles. Elle paraissait calme, mais sa respiration courte trahissait son émotion et son désir. Elle tirait bien de son père. Comme lui, elle avait des appétits féroces, des envies brutales, des besoins irrépressibles, et c'était Justin qui avait réveillé ces instincts.

Ah ! Elle s'était reproché ce caprice au lendemain du scandale qui avait alimenté toutes les conversations des salons. Son nom affublé de gourgandine, de dépravée, de goulue, de fille perdue, avait couru tout l'hiver de bouche en bouche, des hôtels particuliers du Grand Cours et de la Canebière aux appartements bourgeois des rues de Rome et Saint-Ferréol. Partout, on avait dû se résigner – non sans une certaine jouissance – à déprécier le nom des Roumisse. Des portes s'étaient fermées. Pas pour longtemps, elle le savait. Les millions de son père venaient à bout de toutes les serrures et des honnêtetés. D'autres s'étaient ouvertes. Une multitude d'hommes de tous âges lui faisaient la cour à présent. Sa beauté froide, sa renommée exagérée par l'imagination méditerranéenne et son indépendance enflammaient les esprits. On lui avait raconté comment, dans une maison close du Panier, le fils du préfet, à force de s'enivrer de musique, de vin et de filles jusqu'à tituber, avait évoqué son nom en la mêlant à son orgie ; une bagarre avec un rival s'était ensuivie et l'affaire s'était terminée au poste de police. Bizarrement, elle n'en éprouvait aucune honte. Au contraire, elle en tirait une sorte de fierté, cela l'excitait de se sentir convoitée par tous les coureurs et les noceurs de Marseille.

Elle avait eu une grande explication avec son père. Elle l'avait laissé hurler, tempêter, taper du poing jusqu'à ce qu'elle lui réponde avec force : « Je suis ton double, tu n'y peux rien. » Cette vérité avait mis un terme définitif à leur différend ; il lui avait fiché la paix, se disant qu'un jour ou l'autre il la marierait richement, à l'abbaye royale de Saint-Victor, avec un homme de son choix. Et puis, qu'aurait-il pu lui reprocher ? Elle n'avait pas pris d'amant, malgré ses envies. Elle aurait pu. Dix fois avec dix hommes différents. Mais il y avait Justin, le souvenir de sa force, de ses baisers. Elle n'avait pu se résoudre à chercher du plaisir dans les bras d'un autre.

Justin menait le cab sans ménagement. Les deux roues du véhicule bondissaient sur le chemin déformé, touchaient parfois les buissons qu'elles effeuillaient d'un coup de rayons. Les chevaux étaient passés du trot au galop sous la menace du fouet que l'homme faisait claquer à leurs oreilles. Ils atteignirent la route de Mazaugues à Gemenos, dépassèrent les rochers du Gros Clapier, la forêt des Quatre Chênes et la bastide de Saint-Cassien avant de s'engager dans le vallon du Pommier. Camille n'était jamais venue en ces lieux.

Des gradins de terre rougeâtre plantés d'ifs, soutenus par des dents rocheuses, que couronnaient des bois sombres de chênes, se resserraient pour former un goulet étroit sous le ciel surchauffé. À un moment, le cab ne put s'enfoncer davantage. Le chemin devenait sentier. Toujours silencieux, il lui tendit la main, l'aida à descendre, l'entraînant dans le sillon tortueux et ombragé du vallon où stagnaient les odeurs chaudes des plantes sauvages. Il marchait vite, elle trébucha sur les fragments de pierre et se coupa un peu la main. En bottines, sa large robe s'accrochant aux ronces, elle n'était pas équipée pour courir sur les âpres collines. Elle se demanda ce qu'elle faisait ici, au milieu de l'indifférence de cette nature hostile, alors qu'à Marseille, sur la Canebière, elle sentait monter vers elle, de tous les points du trottoir, l'attention et l'admiration, devenant à chacune de ses apparitions la reine de tous les élégants. Elle eut un instant de découragement et de dégoût.

– Où m'emmènes-tu?

– Pas très loin.

Ce fut alors qu'il aperçut le sang sur sa main. Quelques gouttes rubis avaient perlé sous le pouce, le long du mont de Vénus, dont une entaille entamait la délicate peau de satin. Sans hésiter, il posa ses lèvres sur la meurtrissure et aspira le sang.

– Ça ne s'infectera pas, lui dit-il.

Elle haleta, plaqua son torse mince contre la gorge dure et l'embrassa, goûtant sur sa langue son propre sang salé.

– Je t'attends depuis trop longtemps, soufflat-elle en essayant de prolonger ce baiser.

Mais il la repoussa délicatement. Comme elle semblait lourde de fatigue et vain espoir, il la souleva et l'emporta dans ses bras. Camille, soulagée, s'accrocha au cou de son amant. Il ne lui échapperait plus désormais, elle en ferait sa chose. A jamais. Même mariée, elle le garderait.

Justin grimpa jusqu'à un sommet où se trouvait un oratoire très ancien. Pourquoi était-il venu là? C'était un lieu de prodiges et de sortilèges, de miracles et d'épreuves. Autrefois, ceux de la Roques, de Signes, de Mazaugues, de Nans et des alentours s'y rendaient pour y puiser des forces. C'était un lieu fantastique. Camille en fut émerveillée. Devant elle, s'étendait à l'infini la Sainte-Baume, d'un seul tenant, haute vague rocheuse de plus de mille mètres qui semblait vouloir s'abattre et briser les minuscules maisons des Béguines, de Nazareth et de la Faisanderie qui pointaient leurs toits de tuile ocre au-dessus des bois du plan. Au septentrion de la chaîne et au-delà de la plaine, une coupure verte dans laquelle naissait le ruisseau de l'Huveaune précédait les riches bastides de Nans nichées sur les adrets.

– Mon Dieu, que c'est beau! s'exclama-t-elle.

A ses pieds, la forêt dense et inextricable étendait son emprise de verdure dans toutes les directions. Elle en fut troublée. Profondément. Une seule fois, cette forêt avait été violée par César qui fit abattre des arbres avant d'entreprendre le siège de Marseille en 49 avant J.-C. On racontait encore aux veillées comment il s'attaqua à un chêne avec une hache devant ses légionnaires terrorisés.

Camille, frissonnante, chercha à repérer la grotte de Marie-Madeleine dans la falaise, mais ses yeux revenaient sans cesse sur les rameaux entrelacés pleins d'ombres glacées, impénétrables au soleil. Elle se rapprocha de Justin. Il paraissait hynoptisé par la proximité des épais sous-bois où on disait que les autels des anciens dieux ligures se dressaient encore. Gamin, crevant de peur mais mû par des fanfaronnades et des paris, il avait cherché les sanctuaires sinistres et les vieux chênes purifiés par le sang humain, ne s'enfonçant jamais au-delà de vingt pas dans la forêt. Une fois encore, il se demanda ce qu'il faisait ici. On ne les dérangerait sûrement pas, mais on ne pouvait s'aimer sous ce ciel-là.

Pourtant Camille était contre lui, tremblante, caressante, oubliant la forêt sacrée des Ligures. Tout le vernis bourgeois craquait. Le sang des Roumisse parlait, chassant les préjugés.

– Tu te souviens... souffla-t-elle en fermant à demi les paupières pour lui mordiller le visage.

Il ne se souvenait que trop. Une chaleur se répandit dans sa poitrine. Il lutta pour ne pas se mépriser, pour Magali. Il lutta pour ne pas devenir l'esclave de cette femme.

– Tu n'aurais pas dû revenir, dit-il en se détachant d'elle.

Surprise, elle le regarda attentivement. Lui-même la regardait bien en face avec beaucoup de sérieux. Elle aurait voulu trouver sur son visage un reflet de son expression d'antan, ne fût-ce que l'ombre d'une envie ; un sourire même aurait été une allusion tacite, un lien entre eux. Mais rien. Il la contemplait comme une étrangère sans intérêt, se conduisant comme un monsieur qui venait d'être présenté à une jeune femme et qui se soumettait aux règles de la bonne société. Elle comprit qu'il voulait se venger, la forcer à s'humilier devant lui pour effacer l'affront passé.

Elle resta, pendant un instant, parfaitement immobile. Deux éclats de métal parurent entre ses cils. Elle lui sourit d'un air énigmatique. Portant les mains à ses épaules, elle fit glisser le tissu de neige sur sa chair laiteuse, calmement, soigneusement, le long de son buste, de ses hanches, libérant ses seins. Elle repoussa doucement son jupon, puis son caleçon de fines dentelles. Elle fut debout, nue. Elle sentait que l'attente était, pour lui aussi, presque insupportable.

Justin serrait les poings à se faire mal. Il suivait les lignes pures de ce corps offert, avec l'impression d'être sous le joug. Il retenait son souffle, dans la crainte qu'un bruit infime n'éveille toute la forêt devant lui.

– Viens !

L'appel rauque de Camille l'emplit d'une excitation où se mêlaient la répulsion et la honte. Pendant un instant, ses jambes voulurent le porter jusqu'à elle, mais il se détourna soudain, refusant la tentation, pensant à Magali qui l'attendait à la Bastide Blanche.

– Justin !

Camille cria. Il partait. Elle ne comprenait pas. Il ne pouvait lui résister, il n'était rien, rien qu'un petit paysan qu'elle voulait s'offrir en toute impunité, loin des cancans de Marseille. Elle le rattrapa, s'accrocha à lui, mortifiée à l'idée qu'il la plante là comme une morue. Il se débarrassa d'elle d'un coup d'épaule. Elle tomba à terre, s'écorchant la poitrine et les cuisses. Alors son visage fascié de rougeurs et de rides exprima de la haine. En elle se propagea la folie destructrice des Roumisse. Elle l'abhorra, l'exécra, le voua à toutes sortes de malheurs avant de hurler :

– Tu me paieras ça ! Retourne auprès de ta garce qui sent l'ail ! Vas-y ! Ordure ! Mon père aura ta peau ! Tu m'entends ! Toi et ta putain, vous n'en avez plus pour longtemps !

Il l'entendit crier longtemps, puis la brise et le chuchotement des feuilles chassèrent cette voix de sorcière. Quand il se retrouva sur les chemins familiers des glacières, il resta un moment immobile, pris d'un léger vertige, comme à l'instant indécis, au sortir d'un cauchemar, où l'on n'a pas encore démêlé les sensations de la nuit des réalités de l'éveil. A présent tout était fini. Il lui fut tout à coup incompréhensible d'avoir été l'amant de cette femme. En se couchant, la nuit précédente, il avait été préoccupé d'elle au point de ne pouvoir penser à rien d'autre. Et pourtant, elle venait de disparaître de son esprit aussi facilement qu'une étoile filante. Il était libre ; il travaillerait, il réussirait pour Magali, il s'élèverait avec elle dans le monde, aussi haut que la Sainte-Baume baignant de lumière. Il contempla la montagne. Oui, là-haut était son destin.

A la Salomone, le temps pressait. Tous s'étaient réunis pour la moisson. Cela faisait des heures que les lignes d'hommes et de femmes avançaient dans le grand champ. On avait installé Amédée sous le prunier. De ce poste d'observation, le vieil homme pouvait voir les faucheurs coucher les blés hauts, les ramasseuses se saisir de cet or pour en faire des javelles. De temps à autre, Amédée tournait le cou pour guetter le ciel. Le vent soufflait du sud-est mais il ne semblait pas y avoir de danger immédiat. La pluie était pour plus tard. Il se prit à rêver d'une bonne rincée entre les vendanges et la cueillette des olives, d'une pluie idéale pour la terre et pour la glace. A une vingtaine de pas de lui, Antoine balançait le buste de droite à gauche, ouvrant la bouche à chaque coup de faux. Le fer qu'il aiguisait souvent tranchait la touselle avec un chuintement qui faisait du bien à entendre. Toute cette bonne herbe allait nourrir les hommes et les bêtes; c'était la deuxième récolte, la Salomone allait regorger de grain et de foin. Tous pensaient au pain doré, chaud, et aux mille petites choses de la vie quotidienne qui les rendaient heureux.

Derrière Antoine, Magali ne ressentait aucune fatigue malgré sa position courbée. Tous les deux mètres, elle ramenait contre son ventre des brassées de blé qu'elle liait d'un geste rapide et précis. Elle avait la tête pleine du bourdonnement des insectes que les faucards dérangeaient et du pépiement des cousines Adrienne et Anicette, de la grande Colette des Ferrages, de la tante Madeleine et des paysannes de Taillane et de la Taoule. Elles se réjouissaient de l'approche de l'hiver et s'échangeaient des recettes. Il était question de plats cuits dans la braise des grignons, des tourtes, des beignets à l'huile, des fougasses aux olives, du cochon grillé, de la fricassée de foie, du boudin à la sauge, de caillettes, de grives aux lardons, de sanglier en daube et de dizaines de tartes bourrées de pignons, d'amandes et de confitures. La grande Colette faisait l'admiration des autres femmes qui parfois se relevaient, étonnées par son savoir et la façon dont elle décrivait ses recettes. A s'en mettre l'eau à la bouche.

– Hé! les fainiasses! reprenez le travail! cria Antoine en jetant quelques coups d'œil complices à la demi-douzaine de braves qui coupaient à ses côtés.

Les femmes rirent et reprirent leurs bavardages. Les hommes cernèrent le dernier carré de blé. Ils aimaient sentir leur sueur imprégner leurs chemises. Elle imbibait la peau, mouillait leurs cheveux, coulait le long du manche des faux. Ils goûtaient son sel dans leurs bouches et la souplesse qu'elle semblait conférer à leurs muscles.

– Justin est là! cria tante Madeleine.

Il y eut quelques secondes de flottement. On ne l'attendait pas si tôt, mais ils comprirent quand il lança: « Plus de glace! » Il s'empara gaiement d'une faux après avoir jeté un baiser à Magali. Son remords s'était envolé. Son cœur se confondit avec le ciel net et pur, durci par le gros soleil de midi. Devant lui, le champ ondoyait. D'un mouvement de balancier, il fit reculer les blés par centaines, jouissant du bruit que faisait sa demi-lune de fer sur les tiges. Puis il avança mécaniquement avec les autres. De temps en temps, il levait la tête, voyant se rétrécir le labeur.

Amédée était au comble du bonheur; tous ceux qu'il aimait moissonnaient. A ce tableau reposant, il manquait Henriette, mais il la savait à la bastide, préparant un énorme farci de tomates et de courgettes pour la communauté. Soudain, il vit Antoine brandir sa faux. Les deux lignes humaines se figèrent. Le coiffeur distribua des ordres. Deux hommes continuèrent à faucher jusqu'à la première restanque avant d'en longer le mur, coupant les ultimes gerbes. L'instant crucial approchait. Les rangs se resserrèrent.

– A toi! ordonna Antoine à Magali.

Magali s'avança. L'émotion la gagnait. Elle était la dernière arrivée à la Salomone et, d'un commun accord, ils étaient convenus que ce serait elle qui coucherait la dernière gerbe. Elle entra dans le cercle, portée par tous les regards et les espoirs. Aussi loin que remontaient les souvenirs des anciens, ce rituel existait. L'esprit du blé se cachait là, au milieu des épis que la brise agitait.

– Tue l'esprit! lui dit Antoine en lui remettant sa faux. Demain nous sacrifierons le coq pour l'apaiser.

Les femmes se mirent à prier. Il y avait dans cette touffe de touselle quelque chose qui menaçait l'ordre du monde, quelque chose qui renaissait au printemps et tirait ses forces des profondeurs de la terre. Pendant quelques secondes, ils furent attentifs au moindre froissement de feuilles dans le bois proche, au vol des oiseaux, à la brume de chaleur au sommet de la Sainte-Baume, puis ils retinrent leur souffle.

Que l'outil était lourd entre ses mains! Magali pivota lentement, poussant sa hanche droite vers l'arrière. Son cœur battait vite. Elle fixa son regard sur la base de la gerbe et, de toute son énergie, y fit pénétrer la lame de la faux. Les blés tombèrent. Le sang lui monta à la tête. La terre se mit à tanguer, elle entendit crier Adrienne quand ses jambes se dérobèrent.

6

– Le docteur arrive !

Les filles l'avaient guetté tout l'après-midi. Son cabriolet laqué à la capote baissée venait d'apparaître au bout du chemin. Il arrivait de loin, le docteur Charpin. Lyonnais de naissance, il s'était établi en 1890 dans une propriété proche de la Chartreuse de Montrieux le Vieux, entre Signes et Méounes. Ses deux passions : son métier et la pêche à la truite, l'avaient conduit près de ces deux villages très peuplés et du Gapeau poissonneux.

Les filles respectueuses lui firent une haie, admirant sa voiture et son cheval d'Arabie. La grande Colette fut la première à se précipiter vers lui afin de le soulager de sa sacoche. Il y avait des années qu'elle rêvait de ce célibataire calme au pas lent, aux gestes mesurés et à l'accent tout drôle qui semblait sortir de ses narines.

– Merci, mademoiselle ! lui dit-il en souriant. Bonjour, tu vas bien, Adrienne ? Et toi, Anicette, qu'en est-il de ces boutons sur tes joues ?

Rougissantes, elles lui firent une révérence,

essayant de se soustraire à son regard inquisiteur.

– La malade est à l'intérieur ! répondit Adrienne.

– Voyons cela.

Il dut encore serrer des mains, saluer les femmes, avant de pénétrer dans la chambre aux volets clos. La chaleur était suffocante. Le lit, assiégé par Madeleine, Henriette, Antoine, Amédée, Justin et deux ou trois autres personnes aux visages inquiets, n'était même pas visible.

– Mais vous allez me l'asphyxier ! Allez, tout le monde dehors ! Laissez-moi seul avec elle.

– Elle s'est évanouie dans le champ, expliqua Antoine.

– Elle me racontera tout ça elle-même.

– Docteur, votre sacoche.

La voix roucoulante de Colette fit rire Magali sur son lit. La grande jeune femme des Ferrages tendait sa poitrine, battait des cils, frôlant le docteur. Charpin ne masqua pas le plaisir qu'il ressentait auprès d'elle, la remerciant d'une caresse au menton.

– Vous savez, docteur... j'ai des confitures pour vous, ajouta-t-elle avant de s'éclipser.

Il le savait ; depuis trois ans elle le gavait de conserves et de friandises et il lui portait des truites. Un instant, il demeura rêveur ; il était si seul dans sa maison du Gapeau tenue par une vieille domestique. Si seul. Il se sentait coupable de n'avoir pas fait des avances, mais elle ne paraissait pas s'en formaliser. Finalement, il se dit qu'il lui ferait la cour au bal de la Saint-Jean, repoussant de neuf mois un engagement qui allait bouleverser le train-train quotidien de sa vie. Cette décision arrêtée dans son esprit, il s'approcha de Magali. Elle ne riait plus. Elle n'avait jamais été entre les mains d'un docteur. Ses tantes et sa mère la soignaient avec des potions ; elle en avait bu durant toute sa jeunesse, des liqueurs de boue, des bouillons puants préparés dans le chaudron bosselé de Marthe. Les racines de bugrane, de pissenlit, de chiendent et de valériane, les écorces de quinquina, les semences de cognassier, les fanes de melilot et les fleurs de bourrache se mêlaient dans des liquides poisseux et tièdes qui lui soulevaient le cœur. Comme en ce moment. Était-ce la peur du docteur qui venait de jeter son chapeau de feutre noir sur le lit et l'observait avec perplexité ? Elle devint pâle.

Charpin passa ses doigts fins dans ses cheveux filasse comme s'il voulait puiser des idées dans le savoir accumulé depuis Hippocrate et Galien jusqu'aux dernières trouvailles des savants qui œuvraient dans les instituts. Dans sa cervelle d'érudit tout était décrit, répertorié : de la gastrite à l'angine de poitrine en passant par la goutte, les fièvres de Malte, la néphrite, l'urémie et l'aspergillose. Il connaissait tous les symptômes qui précédaient les mille blessures de la peau, des muscles, des nerfs et des os. Mais la plupart du temps, son savoir ne servait à rien. Ici on attrapait froid, on se cassait les membres, on crevait dans une crise de delirium et on vous demandait de soigner les vaches et les chevaux.

Face à Magali, il n'avait pas à se mesurer au mystère d'une maladie rare, ni à se poser des problèmes théoriques, postuler de nouveaux symptômes et avancer des diagnostics hasardeux. Au premier coup d'œil, à la première observation des organes, il sut que la jeune femme allait bien.

Sous la treille de la façade, ils s'étaient tous rassemblés. Silencieux, dans l'attente du diagnostic, ils contemplaient les gerbes montées en cônes, le champ proprement coupé sur lequel s'assombrissaient les reflets de cuivre du soleil couchant. Quel beau travail ! Ils en étaient fiers. Deux récoltes. De quoi tenir l'année et plus encore. Ils vendraient le surplus de grain aux meuniers de Signes. Dans son coin, Justin était anxieux ; il coulait de longs regards vers l'intérieur de la bastide, interrogeant la pénombre du couloir dans laquelle se dessinait vaguement la silhouette élancée de la grande Colette. Elle, attendait son bellâtre de docteur. Comme l'attente se prolongeait, des langues se délièrent et on se mit à plaindre les morts, tout un cortège de défunts que la maladie avait emportés. Un vieil oncle sut même décrire les horreurs du choléra et de la peste dont la troisième pandémie avait ravagé la Chine cinq ans auparavant.

Tout avait été expliqué dans les journaux. Ce fut un feuilleton à épisodes jusqu'à la découverte l'an passé de la transmission de la maladie à l'homme par la puce du rat [1].

Là, le ton et l'effroi montèrent. Le vieux, qui n'y connaissait pas grand-chose mais possédait une mémoire prodigieuse, voulut impressionner son auditoire.

1. Découverte due au docteur Simond en 1898.

– Ces bestioles envoyées par le Diable, je ne voudrais pas les rencontrer... Peuchère de moi ! Elles ont des noms à faire dresser les cheveux sur la tête. Des monstres ! Le *rattus norvegicus*, le *rattus rattus* et la *Xenpsylla cheopis*... Ah j'en oublie une autre, la *pulex irritans*. Ces saloperies-là vous empoisonnent le sang en moins de deux.

– Le *rattus rattus*, balbutia Henriette, ignorant qu'il s'agissait du rat noir. Mon Dieu !

Elle imagina, et elle ne fut pas la seule, un rat énorme, aussi gros qu'un chien de chasse ou un marcassin, avec une gueule aux crocs acérés pleine d'une bave verdâtre où pullulaient ces fameux microbes qui épouvantaient les bonnes gens.

– Et si elle avait été mordue par une musaraigne ? avança Anicette.

– Mon Dieu ! répéta Henriette.

Magali mordue. Qu'avaient-ils fait pour être punis de la sorte ? Pourtant on n'avait rien vu, si ce n'était les sauterelles, les mouches et quelques frelons. Brusquement, Anicette, affolée, ramassa un caillou et le lança en direction d'une gerbe.

– Va-t'en ! Va-t'en ! Bête du diable !

– Ça suffit ! cria Justin en se saisissant des poignets de la jeune fille. Il n'y a rien dans le blé. Vous êtes tous devenus fous ?

Il promena son regard inquiet sur chacun. Lui-même avait été ébranlé par ces sottises. Il allait engueuler le vieux, responsable de cette peur collective lorsque le docteur apparut sur le pas de la porte avec la grande Colette.

– Qu'est-ce qu'elle a ? demanda Justin en lâchant Anicette.

– C'est grave? questionna Henriette.

– Hé! Hé!

Il y avait de la malice dans ce hé! hé! Charpin posa une main amicale sur l'épaule du fils Giraud et lui avoua ce qui le rendait joyeux :

– Dans huit mois tu seras papa.

– Papa... Elle...

– Oui, grand nigaud, elle est enceinte.

Il y eut un cri gigantesque, un hourra, une franche rigolade qui fit s'envoler les pigeons du toit et on fêta Magali quand elle se montra. Elle resta quelques minutes à tenir les doigts de Justin et à recevoir les baisers des femmes. Elle poursuivait la pensée douce de voir trotter son enfant à l'ombre de la treille, dans les vagues des blés, autour des oliviers. Ce fut un moment où son cœur se dilata, mais elle se souvint de l'étrange regard de sa mère et de tout ce qu'il contenait de mauvais. Sa destinée n'était peut-être pas aussi sereine qu'elle le désirait. Elle chercha la protection de Justin, s'enlaçant à lui, englobant d'un œil triste le vaste panorama qu'abandonnait le soleil. Quelque part, une araignée silencieuse tissait sa toile.

Camille passa de sa chambre à celle de sa sœur. Amélie Roumisse se mirait dans la glace de la coiffeuse. C'était une contemplation sans complaisance. Aucun angle ne la satisfaisait; elle avait beau battre des cils, tendre ses lèvres en cul-de-poule, creuser ou gonfler ses joues, essayer le profil gauche et le droit, c'était toujours le même visage qui apparaissait, teigneux, chafouin, ingrat, réplique grossière de celui de sa mère.

– Que veux-tu ? lança-t-elle à l'intruse.

Les deux sœurs ne s'aimaient guère. Trop de différences les séparaient, mais c'était l'aspect physique qui, dès l'adolescence, les avait faites ennemies.

La petite était jalouse de l'aînée. L'aînée méprisait cette naine jaunissante qui tramait des complots à longueur de journée, dressant la mère contre le père, espionnant les domestiques, colportant les pires insanités sur les uns et les autres.

Une semaine s'était écoulée depuis sa séparation avec Justin. Sept jours et sept nuits à ronger son frein, Camille était à bout. Il lui fallait des victimes, se venger, cracher son venin sur la Terre entière.

– Je venais me faire consoler, répondit-elle en feignant d'être malheureuse.

– Te consoler, toi ! Avec ton cœur de pierre ! Quelle plaisanterie ! Ma sœur versant des larmes d'acide, il faudra que je note ça dans mon cahier.

– Ça me console de te voir aussi laide ! répliqua Camille.

C'en était trop. Amélie se leva brusquement, renversant les crèmes et les onguents dont elle s'emplâtrait tous les matins et se rua sur l'impertinente.

– Je ne suis pas gracieuse, c'est vrai, mais j'ai l'honneur pour moi ! Sale pute ! C'est ton paysan qui t'a rendue comme ça. Dis-moi la vérité, ma vieille ! Le bouseux t'a laissée tomber.

La gifle de Camille lui détourna le visage. La violence du coup fut telle que les larmes montèrent à ses yeux, mais Amélie se contint. Elle ne voulait pas pleurer devant sa sœur. D'une voix blanche, elle arracha les mots du fond de sa gorge.

– Tu me paieras ça, je dirai tout à père !

– Tu n'en auras nul besoin, répondit Camille en sortant de la chambre.

Sa décision était prise. Le gros mensonge avait mûri en elle. Elle allait raconter son histoire. Elle courut le long du couloir, dévala l'escalier monumental du château et commença à forcer ses yeux à rougir, à défaire son chignon. Des motivations de peine, elle en trouva. Elle pensa à l'affront subi dans la colline, à sa virginité perdue, aux illusions étouffées par ce goujat de Signois, aux indélicatesses offensantes. Mais ce qui la rendait folle de rage, c'était de le savoir avec une autre, une moins que rien, une de ces filles qui se laissaient prendre comme des bêtes sur des tas de foin. Elle s'était renseignée sur sa rivale et elle ne comprenait pas pourquoi Justin la préférait à elle.

– L'ordure !

Cette fois – et il était temps, elle allait pénétrer dans le bureau de son père –, des larmes jaillirent. Elle cligna des paupières pour les faire couler, puis repoussa violemment le battant.

– Oh ! papa ! Papa ! Si tu savais !

Dans le bureau, à travers les fenêtres duquel l'œil rouge du soleil, embrasant les collines du levant, montait jusqu'à mi-hauteur des carreaux, Roumisse, assis à sa table de travail, corrigeait les derniers chiffres d'un rapport lorsque sa fille le fit sursauter. Il demeura saisi, le crayon à la main. Elle ne l'avait pas habitué à de pareilles irruptions et encore moins à des « papa ! » arrachés au cœur.

– Que se passe-t-il ?

Sa question fut rude, il ne connaissait pas le ton de l'affection. Son aptitude au commandement et son orgueil démesuré avaient fait de lui un être immunisé contre les malheurs d'autrui. Sa grande aspiration au pouvoir et à l'argent le détournait de l'âme humaine. Il méprisait les hommes en quête d'idéal et d'amour. Il disait appartenir à la race héroïque des conquérants, à la famille des capitaines d'industrie, au clan des financiers...

– Papa.

Elle vint contre lui, mouilla son col amidonné avec ses larmes. Il ne savait que faire. Il lui tapota gentiment la joue comme il le faisait quand un jeune coursier de la bourse apportait de bonnes nouvelles et qu'il lui glissait une pièce de cinq francs.

– Il a recommencé, dit Camille entre deux sanglots.

– Qui a recommencé ? Que veux-tu dire ?

– Le Giraud m'a prise de force. Oh ! papa, si tu savais comme je me sens sale. J'ai honte. Vois ce qu'il m'a fait.

Elle se détacha de lui, fit deux pas en arrière et, tout en détournant la tête par fausse pudeur, releva sa robe et son jupon. Les écorchures de sa chute formaient des croûtes noirâtres sur les genoux et les jambes ; une pierre aiguë avait même tracé une estafilade de dix bons centimètres entre la cheville et le mollet. Le coton et l'étoffe retombèrent. Camille se mit à le fixer d'un regard brillant.

Une incoercible haine le transperça quand il prit conscience de ce qu'elle avait subi. Pendant quelques secondes, son sang se retira. Il ressembla à un cadavre blême, osseux, refroidi sur sa chaise. Le soleil qui pénétrait à larges flots dans la pièce éclairait les dorures de la commode aixoise, du lustre à bobèches, des boiseries rocaille, des trumeaux sculptés, mais il ne réchauffa pas cette face crispée par le mal.

– Père ?

Ce père venait de loin. Camille flottait devant lui, insaisissable comme une nuée. Elle l'appela encore. Quand il revint, il se reconnut immédiatement dans la froideur des yeux gris de sa fille. Alors il cassa d'un coup sec le crayon entre ses doigts et se leva pour la prendre contre lui.

– Nous nous vengerons. Il paiera... Ils paieront tous. Nous enfoncerons tous ces paysans dans la boue froide de leurs terres. Nous brûlerons leurs maisons...

Il allait ajouter, nous violerons leurs femmes, quand l'image de Magali s'imposa ; les ombres courbes des fesses et des seins, la sensualité des traits brièvement aperçus au Raby.

– Je veux le voir mourir ! souffla Camille.

– Je trouverai un moyen. Fais-moi confiance.

Pour ça, elle lui faisait une entière confiance. Cela lui était facile de recruter des malfrats à Marseille et à Toulon. Il suffisait d'ouvrir le robinet de son coffre. Au nom du libéralisme économique, il venait d'éliminer par la force quelques colons dans l'ouest algérien qui s'opposaient à son expansionnisme. Il savait attiser les jalousies, corrompre les âmes, pousser les gens au crime avec des vingt et des cent francs-or. C'était une question de prix.

Roumisse s'écarta de sa fille. Sa lucidité revenait. La courbure orgueilleuse de ses lèvres se modifia pour un sourire malsain. Il percevait toujours le grondement de son sang, mais c'était un flux qui le transcendait.

– Il est temps que je t'associe à mes projets, dit-il en se dirigeant vers sa table de travail.

Intriguée, Camille le suivit d'un regard aigu comme une longue et fine aiguille décrivant une lente courbe, perçant le corps de son père, prête à lui perforer le cœur s'il ne répondait pas à ses espérances.

Il s'assit. Devant lui, les grains de poussière, au-dessus des dossiers à dos cramoisi, dansaient dans la lumière. Roumisse en ouvrit un, prit une feuille épaisse qu'il se mit à déplier avec précaution.

– Viens ici, dit-il sans se départir de ce sourire qu'elle lui connaissait dans ces moments où il s'apprêtait à triompher.

Elle contourna la table, vint près de son père, s'appuyant d'une main complice sur son épaule. La feuille bleutée et un peu transparente la déconcerta. C'était un plan dans le cartouche duquel était inscrit le nom de Roumisse, celui de la ville de Toulon et un numéro.

– Bientôt mes glaciers travailleront là ! lança-t-il avec force en lisant le plan.

Elle ne comprenait pas. Et sa vengeance, leur vengeance, qu'en était-il ? Quel rapport y avait-il entre cette pelure pleine de lignes tracées à l'encre de Chine et le but qu'ils s'étaient fixé ? Elle voulait la tête de Justin, son cadavre dans un ravin. Rien d'autre.

– On va ruiner les Signois et tous les habitants de la Sainte-Baume. C'est la fin des glacières que tu vois dessinée là. Dans moins de deux ans, les tours deviendront des refuges à chauves-souris.

Cette perspective séduisait Camille, mais elle n'y trouvait pas son compte. Les rendre misérables, c'était une bonne chose ; les tuer, c'était mieux. Elle pensa à un grand feu allumé par un jour de mistral, un feu ravageant les collines, fonçant à la vitesse d'un cheval au galop sur la Salomone. Elle chercha à se rassurer. Son père n'allait sûrement pas s'en tenir à ce projet dont elle ne devinait pas la nature. Elle se pencha un peu, feignant un intérêt.

Au centre d'un quadrillage léger, le plan d'un édifice qu'on supposait être d'acier, de verre et de brique s'allongeait du nord au sud, tout en lignes droites, en angles nets, en arêtes coupées au couteau.

– Ce sera ma nouvelle fabrique ! s'exclama Roumisse.

– Une fabrique ?

– Une usine à glace industrielle. De la glace, toute l'année. Par milliers de tonnes. La glace entrant dans tous les foyers à quelques sous la livre. Mon usine sera opérationnelle dans dix mois. Je vais casser les prix !

Il s'enflammait. Il n'entra pas dans les détails de fabrication. Camille n'aurait rien compris au procédé révolutionnaire du refroidissement par gaz. L'argent avait été débloqué. Une armée de terrassiers s'était attaquée à l'antique propriété agricole qui s'étendait au nord-ouest de Toulon. Des cabanes provisoires abritaient déjà les charpentiers et les riveurs. Avant la fête des morts, l'ossature de fer se dresserait au-dessus des églises des bourgs. Il imagina les morceaux de ciel délimités par les entrecroisements des poutrelles d'acier, les colonnes supportant les verrières, les nœuds des rivets et l'enchevêtrement des câbles électriques, les machines monstrueuses vomissant des kilomètres de barres gelées et les ouvriers au milieu des vapeurs glacées. Ce serait sa cathédrale. Il se vit en grand prêtre sur la mer argentée des barres, à la tête d'une noria de camions partant à l'assaut des quartiers populaires du vieux port, déversant des blocs de cristal à Besagne, sur le Cours Lafayette et dans la rue d'Alger. Le XXe siècle l'appelait. Il le défiait. Il bâtirait l'avenir sur la souffrance du monde, porté par cette force occulte que nul ne pouvait défier. Il ricana. L'avenir condamnait les villages. Bergers, maraîchers, éleveurs, apiculteurs par milliers iraient rejoindre les chaînes aux cadences infernales. Et ce n'était pas la chétive CGT qui l'arrêterait. Ni les socialistes anarchisants de Briand ou les alémanistes de Guérard. Ceux-là et toute la clique des syndiqués n'entreraient jamais dans ses usines.

– J'en construirai d'autres à Marseille et à Aix, dit-il enfin.

Cette conclusion frustra Camille. Elle ne l'apaisait pas. Au contraire. La lancinante douleur morale reprit ses droits, la forçant à exiger réparation.

– Et le Giraud ! Tu vas le laisser courir la guarrigue ?

Roumisse prit les mains de sa fille entre les siennes et les serra très fort.

– J'ai mon idée. Laisse-moi le temps. Le jour viendra où les Signois promèneront son cercueil dans les rues de leur village.

Il y avait tant de conviction et de haine dans le regard de son père que Camille en fut effrayée et comblée. Ce jour-là, si Dieu le voulait, elle serait de la fête.

Tout avait été dit. Roumisse replia le plan. Ce fut comme s'il revenait en arrière, dans ce siècle pesant et révolu. Le nom de Giraud avait réveillé ses tourments. La fille brune dans la rivière était apparentée à ce clan dirigé par le coiffeur. Il devait mettre tout en œuvre pour la retrouver. Il sonna un serviteur et renvoya sa fille.

– Allez me chercher Marius.

Quelques minutes plus tard, l'intendant Marius Caronet, tout vêtu de velours brun et suant sa mauvaise graisse, se présenta au maître.

– Je suis à vos ordres, monsieur.

– Ils seront brefs. Voilà ce que tu vas faire...

7

La paille avait été brisée et retournée. Cette opération réjouissait le cœur de Magali et d'Amédée qui, côte à côte, avaient observé le ballet des fléaux et des fourches. Pendant des heures, le grain blond se détacha, la paille s'envola dans la brise. Les femmes battaient, les hommes enfourchaient, les unes se courbaient davantage sur l'aire, les autres se cassaient les reins à force de vouloir monter à l'assaut du ciel avec leurs tridents, tandis que des enfants du Clos de l'Héritière, cloués là par une songerie profonde, attendaient la conclusion de cette journée. Parfois on entendait les commandements d'Antoine ou ses jurons quand le vent tournait et renvoyait la paille sur les grains. Magali aurait voulu en être, mais depuis la visite du docteur, on lui interdisait les tâches difficiles. Elle était même privée de vannage; ce dernier se faisait à l'extrémité de l'*iero*, comme on disait ici. En effet, l'aire en terre battue était grande et on pouvait y mener plusieurs tâches en même temps. Le vannage, c'était l'affaire d'une équipe réduite dirigée par Justin. Il manœuvrait une *ventadouiro*, fourche de bois plus petite que la fourche à paille, nettoyant le blé. Son déguisement impressionnait les petits. Pour éviter d'être aveuglé, il s'était encapuchonné la tête dans un sac de toile brune, percé de deux trous pour les yeux. Il avait l'air d'un grand diable de pénitent sous une pluie de brins dorés.

Son homme masqué, Magali l'aurait reconnu entre mille. Il besognait torse nu. Chaque muscle qui roulait des omoplates aux reins, elle l'avait caressé, embrassé. Elle en connaissait les moindres lignes, tous les reliefs, les duvets. Sa peau, échauffée par la tâche, luisait un peu, il transpirait. Il rayonnait dans l'unité de sa jeunesse et de sa force et elle eut des pensées coupables, sentant monter le désir. Elle reporta son attention sur les vanneuses agenouillées non loin de Justin. Les deux cousines et la grande Colette s'en donnaient à cœur joie, criblant le grain dans les vans en peaux de porc. Les gestes amples de leurs bras soulevaient leurs poitrines ; de la paille parsemait leurs cheveux dénoués ; leurs pieds nus dépassaient des jupons, raclaient la terre battue à chacun de leurs mouvements. On aurait dit des païennes se livrant à un culte. Elles chantaient. A son tour, Magali répéta tout bas les paroles de la chanson des *Cordelles*, sur laquelle on dansait, le printemps venu :

Es grando eis alentour	*Elle est grande aux alentours*
Nosto renoumado	*Notre renommée*

De jouine e bèu troubadour	*De jeunes et beaux troubadours*
N'an douna l'aubado.	*Nous ont donné l'aubade.*
D'en Signa à Vidauban	*De Signes à Vidauban,*
Cadurc a sei ruban	*Chacune a ses rubans,*
Mai nostei courdello	*Mais nos cordes*
Soun toujour pu belo.	*Sont toujours plus belles.*

Des cordes, il leur en fallait. Depuis longtemps la grande Colette en tressait une pour Charpin; elle l'attraperait, son docteur, coûte que coûte, elle l'avait demandé à saint Jean et à la Vierge dont elle fleurissait les statues une fois par semaine. Anicette avait déjà passé la sienne au cou du facteur, mais ce dernier, passionné de courses à vélo, tardait à se laisser mener à l'autel par le licol. Celle d'Adrienne serait longue, la brunette s'était juré de se marier avec un homme de la ville, un homme qui lui ferait découvrir des horizons nouveaux et quitter ces terres ingrates où les femmes vieillissaient vite. Quant à Magali... Elle posa les mains sur son ventre. Là était le lien le plus solide. Un cordon de chair l'unissait au fruit de ses amours. Justin ne fauterait plus à présent. La veille, ils avaient fixé la date des noces à la Sainte-Pélagie, le deuxième samedi d'octobre. C'était proche. Mais comment faire autrement? Henriette et Madeleine l'exigeaient. Elle ne devait pas franchir le seuil de l'église avec un gros ventre, ce n'était pas par peur du sacrilège, mais des pipelettes.

Le soleil fila vers le ponant; la paille s'éparpilla au septentrion; le grain s'entassa sous l'auvent du grenier en pierres sèches. Ivres de fatigue, tous se rassemblèrent au centre de l'aire. Ce moment était attendu par les enfants. Un frisson passa sur leurs frimousses lorsque Antoine demanda à Henriette d'apporter le coq.

La mère de Justin se rendit au poulailler, batailla un moment avant de mettre la main sur le volatile. L'annonce de la grossesse de Magali avait retardé le sacrifice. Noir, gras, agressif, le coq était une victime idéale. Comme jadis, bien avant que la première pierre de la première église provençale soit posée, on allait le manger solennellement pour apaiser l'esprit du grain dépossédé de ses fruits et favoriser la récolte future.

– Jette-le ! cria Antoine.

On avait distribué des fléaux à tout le monde, sauf aux enfants. Magali était tendue, Amédée eut un mouvement brusque des épaules comme s'il voulait se lever et marcher. Le blessé de la guerre de 70 aurait versé son sang pour celui du coq. Il lui en coûtait chaque année d'être cloué sur sa chaise et de ne pas pouvoir entrer dans la folle sarabande avec un bâton.

Henriette prenait son temps. Elle ne voulait pas être au milieu de la bastonnade. On s'impatientait. Un homme fit tourner son fléau au-dessus de sa tête, tel un fantassin du Moyen Age, et lui jeta des regards furibonds. Plus on tardait, plus l'esprit du blé risquait de se manifester. Enfin, Henriette lâcha l'animal. Aussitôt les fléaux s'abattirent, remontèrent. Pendant un instant l'aire trembla. Il y eut une exclamation lorsque d'un battement d'ailes le gallinacé s'éleva dans le ciel.

– Il s'échappe !

La catastrophe était sur eux. Le coq allait, d'un bond prodigieux, franchir le cercle humain. Il fut cueilli en plein vol par les moulinets de l'homme furieux et retomba.

Ce fut la fin. Ils lui cassèrent les ailes et les pattes jusqu'à ce que la grande Colette lui assène le coup mortel. C'était un rite barbare mais il les soulageait. Rien n'était simple sous le ciel de Provence, tout se révélait sujet à mystères et à traditions. Amédée acquiesça silencieusement lorsqu'on lui apporta la dépouille du volatile.

– Il s'est bien défendu, dit Antoine.

La résistance de l'animal était de bon augure. Magali contempla la boule de plumes noires d'où s'écoulait un peu de sang. Bien qu'habituée à d'autres sacrifices dans la maison de Signes la Noire, elle n'en demeura pas moins troublée. Elle vit des choses dans ce sang que les autres étaient incapables d'interpréter.

Elle se sentit mal, et prétexta une envie pressante pour s'éloigner de la Salomone. La marche lui fit du bien. Il y avait des oiseaux le long du chemin et une petite voix intérieure la rassurait : « Tu es bien bête, ma fille, de te conduire ainsi ! Tu ne vas pas te mettre à geindre comme une *plourello* [1] parce que le vent tourne au nord, les corbeaux volent par trois, les nuages moutonnent et le coq pisse un sang fluide. Rien ne peut t'atteindre à présent ! Ta force, c'est la vie dans ton ventre. Dans moins de deux

1. Pleureuse.

mois, tu te marieras. Allez, va, bourrique ! Va manger le coq ! »

Ce monologue la rendit gaillarde. Devant elle, la Salomone entourée de toutes ses terres émergeait d'un écrin de verdure. Elle méritait bien son surnom de bastide blanche. Sous la crête rouge des tuiles, elle semblait taillée dans du marbre. Magali souriait. A cette distance, ils étaient si petits, ceux qu'elle aimait, qu'elle aurait pu les faire tenir sur l'extrémité d'un doigt. Colette, seule, était reconnaissable avec sa jupe rouge cerise, pareille à un feu follet dansant sur l'aire.

Elle allait revenir lorsque un bruit de branches cassées se fit entendre. A cet instant, avec la grâce d'un cochon dans les broussailles, la respiration haletante, Marius Caronet apparut. L'intendant de Roumisse, débordant de graisse dans ses vêtements ajustés, la face bouffie traversée par une ridicule moustache calamistrée semblable à un guidon de bicyclette, l'odeur écœurante d'un parfum bon marché et de la sueur, absorba tout le charme de l'endroit.

Il la salua mais elle ne répondit pas. Elle restait sur ses gardes. Elle connaissait le bonhomme pour l'avoir vu au village. Il machinait de mauvais coups avec les braconniers qu'il était censé traquer sur le domaine de son patron. On disait aussi qu'il avait de drôles de manies, tournant autour des veuves moches et vieilles. Plus les femmes étaient flétries et sales et plus il les courtisait, emportant quelquefois mais rarement l'un de ces morceaux avariés dans une tanière retirée qu'il possédait sur le chemin de

Riboux. On racontait qu'il se passait là-bas des choses horribles.

– C'est toi, la fille Aguisson ?

Magali se sentit agressée. Le Caronet prenait des airs de gendarme. Bon Dieu ! Qu'elle détestait ce type ! Elle resta de glace, les yeux si durs qu'elle lui fit un peu peur. Un tout petit peu, car il avait son fusil chargé à l'épaule et il savait s'en servir. Ce n'était pas une fille de sorcière qui le ferait reculer.

A cette pensée, il se souvint de sa visite de la veille à Signes la Noire. Au bout d'une semaine de recherche, son enquête l'avait conduit dans ce trou marécageux où vivait, lui avait-on confié à voix basse, la mère de la garce qu'il cherchait. Victorine Aguisson et Agathe Danjean y tenaient un commerce diabolique et florissant. Quand il heurta l'huis du poing, la porte s'ouvrit instantanément. Victorine se tenait devant lui, elle était la réplique en plus âgée de cette Magali qu'il venait de retrouver, mais il y avait au fond de son regard noir quelque chose de mort qui l'effraya. Elle lui demanda de la suivre. Que pouvait-il faire d'autre ? Il avait une mission à remplir et il craignait davantage Roumisse que les deux lavandières de la nuit. Une fois introduit dans la place meublée de ravans [1] et décorée d'objets à faire pâlir le bon Dieu, il fit part de la raison de sa visite. Prononcer le nom de Magali équivalait à jurer tout haut dans une église. Les deux mégères l'insultèrent, lui promirent l'enfer, les pires maladies, puis Victorine tapa du poing et hurla : « Je voudrais la voir morte ! » Malgré toutes ces

1. Choses usées dont plus personne ne veut.

menaces, Caronet continua, expliquant qu'il n'agissait pas pour son compte mais pour celui de son maître Roumisse. Dans cette échappée de mots, il avait mis deux pièces de vingt francs-or sur la table. Était-ce l'argent ou le nom de Roumisse, l'attitude de Victorine changea. Elle fit taire Agathe et avança les coudes sur la table.

– Et qu'est-ce qu'il veut, ton maître? lui demanda-t-elle d'une voix étrange et rauque.

Elle le fit frémir, il la préférait triviale et grossière. La menace devint palpable. Il ne pouvait supporter ce regard mort auquel il était impossible de résister. Il évita d'y plonger. Tout en prenant Agathe à témoin, il répondit :

– Il éprouve... comment dirai-je?... de l'intérêt pour votre fille.

– C'était à prévoir, répondit-elle d'une voix sourde. C'était à prévoir... Un chien maudit pour une maudite chienne...

Elle tremblait de rage contenue. Roumisse réveillait le passé, réapparaissait. Avec lui, le malheur n'était jamais loin.

– Ne te mets pas dans tous tes états, intervint Agathe, tu vas m'attraper une bêtise au cœur. Hé! vous, monsieur, tirez votre révérence!

– Je vais bien... Je vais bien, dit Victorine. Qu'est-ce que ça peut me faire après tout que ce galeux de Roumisse en pince pour ma fille. Magali est une « estrangère », une pauvresse qui a choisi de vivre là-haut avec les bêtes. Elle crèvera dans la misère avec son Justin. Les Giraud me l'ont enlevée, monsieur. Si vous voulez la trouver, rendez-vous à la Salomone sur l'ancienne route des rois qui mène à la Sainte-Baume. Trouvez-la et vous ferez l'infortune de votre maître.

Sur ces mots, elle cracha et il s'en alla sans demander son reste. A présent, il était persuadé qu'elle était bien la fille de la diablesse de la plaine.

– C'est donc bien toi, susurra-t-il en tirant sur sa moustache.

– Que me voulez-vous ?

– Moi, rien ! C'est un autre qui te veut du bien, beaucoup de bien.

– Si c'est ton maître, tu pourras lui dire que j'ai huit pouces d'acier pour sa bedaine s'il m'approche.

Brusquement, elle sortit le couteau dont elle ne se séparait jamais. C'était une bonne lame affûtée à la pierre et au cuir, courbe, bleutée, au manche de corne, sur lequel on lisait la *sivequo*, du nom d'une bise froide et glaciale qui soufflait au mois de février.

– Hé ! ne le prends pas comme ça ! Je te parle de bien et tu me montres le mal. Tu es comme ta mère !

– Allez-vous-en ! cria-t-elle.

Le gros Caronet, méfiant, partit en reculant. Les broussailles se refermèrent sur son passage. Il en savait assez sur la belle sauvageonne, cela lui vaudrait une bonne récompense. Son maître allait devoir en faire, des gâteries, pour séduire cette fillasse des bois !

Marius se dit qu'après tout le riche Marseillais avait les moyens de ses amusements, pourtant il demeurait perplexe. La partie n'était pas encore gagnée. Parvenu sur la crête, d'instinct, il se retourna. Elle n'avait pas bougé, pire, elle l'observait. Malgré la distance, il sentit peser sur lui le regard terrible. Alors, il préféra s'échapper lâchement, quittant le droit chemin pour un détour par les houssaies.

Le soleil baissait à l'horizon, élargissant son disque dans un dernier flamboiement. Pendant un instant, Magali crut que les flammes avaient avalé l'intendant ventripotent et sournois, mais la réalité était différente. En ce moment même, le Caronet filait retrouver Roumisse, à l'abri des murs épais du château de Font Mauresque. Pourquoi elle ? Elle en eut les larmes aux yeux, puis se ressaisissant, elle pensa à Justin. Devait-elle l'avertir, au risque de provoquer une guerre à quelques semaines de son mariage ? Les Giraud n'hésiteraient pas à se rendre au château avec leurs fusils. De vieilles haines opposaient les familles de la Sainte-Baume. Depuis l'Ancien Régime, on se battait pour la possession de la terre, le commerce de la glace, les droits de passage, une borne mal alignée, un regard mal interprété. Elle ne voulait pas être la cause du règlement de trois siècles de contentieux. Qu'il vienne donc, le Roumisse, et elle en ferait son affaire à coups de couteau. Elle pointa la lame qu'elle tenait toujours à la main et la fit jouer avec les rayons déclinants. L'acier se teinta d'une couleur de sang.

Dix jours s'écoulèrent, cinq de grand beau temps et cinq d'une pluie fine charriée par le vent d'est. Au matin du onzième, sous un ciel de traîne, la brume l'emporta.

Le château mauresque ressemblait à une ruche, tant il était rempli de monde et d'agitation. Les classes distinctes s'y mêlaient sans se confondre. Les domestiques en uniforme veillaient sous les lambris, les grands bourgeois et les notables en habit de chasse discutaillaient autour d'une longue table où fumaient des cafetières d'argent, tandis que Caronet et ses campagnards, les paletots boutonnés et les casquettes à la main, prenaient leur mal en patience. Ces derniers étaient réfugiés dans un coin, tout près de la porte donnant sur le hall majestueux. Il y eut une agitation. Du salon voisin, arrivèrent les épouses des invités. Elles balançaient sur leurs bottines et leurs escarpins des robes de prix.

Pour les hommes de Caronet, c'était chaque fois le même émerveillement. Ces créatures de luxe représentaient tout ce qu'ils n'auraient jamais : la puissance, l'argent, la renommée, la culture. Mme Mireille Roumisse brillait de mille feux. Tout un assortiment de bijoux, coulant du chignon à la poitrine et du cou aux doigts, faisait d'elle une étoile tombée du ciel. Elle lorgna de son œil de chat la petite troupe de Caronet avant d'aborder gaiement les compagnons de son époux.

– Sont-ils prêts, nos chasseurs ? lança-t-elle à la ronde.

Ils l'étaient. Apparemment. Le préfet portait déjà sa cartouchière. Merleux le notaire, Dartigues le directeur de la compagnie, Caneaux l'avocat, Perrin le banquier, le député Burleau, un procureur, deux généraux et quelques autres personnalités des arts et de la presse attendaient cette traditionnelle partie de chasse depuis des jours. On leur avait promis de beaux gibiers, des lièvres et des sangliers. On ne les trompait jamais. Les photos prises les années précédentes avaient fait des jaloux à Marseille.

– Depuis le temps qu'on nous parle de beaux trophées ! ajouta Mme Roumisse.

– Il y en aura, n'est-ce pas, monsieur Caronet ?

Le maître des lieux, vêtu de daim et de cuir, fit son apparition avec Camille en robe simple, sans fard, la masse blonde de ses cheveux recouvrant son épaule droite. L'œil félin de Mme Roumisse se fit plus sombre. Ces deux-là ne se quittaient plus depuis quelque temps ; son époux s'était mis en tête d'initier l'aînée de ses filles aux affaires, et elle en éprouvait de la jalousie.

Caronet bomba le torse. La question du maître le rendait important. Il s'avança d'un pas et lâcha d'un trait sa tirade.

– Ces messieurs ne seront pas déçus. Nous n'aurons que l'embarras du choix. Des meutes de sangliers ont été repérées par mes hommes dans la gorge du Pèlerin, sur les hauteurs de la Garnière et au fond des bois de Bagatelle. Il n'appartient qu'à ces messieurs de ramener des hures.

Ces messieurs devinrent graves. On allait lancer la chasse. Des dizaines de rabatteurs attendaient le signal de la corne. Alors qu'ils saluaient leurs femmes comme s'ils partaient reconquérir l'Alsace-Lorraine, Roumisse s'approcha de son intendant et lui demanda discrètement s'il n'avait pas repéré d'autres traces.

– Je connais les habitudes de la Perdrix.

– A-t-elle quitté son nid ?

– Elle a ses coins. C'est la saison des champignons.

– Où ?

– Bagatelle et vallon des Combes.

– C'est bien, Marius, je ferai de toi un homme riche.

Au-dehors, les chiens aboyaient. Comme on avait décidé de se rendre à cheval sur les lieux de la battue, les montures excitées tiraient sur les longes. On avait lustré les robes des alezans, les mors, les étriers et les gourmettes brillaient ; les garçons d'écurie maintenaient avec peine les bêtes racées dont Roumisse était si fier.

Le maître se rengorgea. Le château bourré à craquer de trésors artistiques, le parc, les jardins, les maisons agricoles perdues dans les nuages, les milliers d'acres de rocaille, les hommes et les femmes, ses invités même, lui appartenaient corps et âme. L'asservissement lui paraissait naturel. La conquête était l'essence de sa vie. Il se dirigea vers un cheval hongre tisonné, au garrot large, vigoureux et hargneux. Il l'aimait pour son courage. L'animal ne reculait jamais, avalait les obstacles. Quand il fut en selle, il sentit battre le cœur généreux de sa monture et il eut l'impression d'être le prolongement de cette masse de muscles qu'il dominait. Alors, électrisé par cette puissance nouvelle, il cria : « A la chasse ! »

Magali s'accorda quelques instants de repos. Elle posa son panier, caressant du regard le gros cèpe qu'elle avait cueilli à l'entrée du vallon. En cette deuxième quinzaine de septembre, la pluie et le soleil avaient travaillé pour les femmes. La cueillette leur était dévolue. Elles adoraient s'enfoncer dans les bois, flairer l'humus de la terre spongieuse. Chacune avait son coin qu'elle gardait jalousement. Ces repaires secrets où poussaient les bolets élégants, les collybies ridées, les tricholomes d'un gris soyeux, les pieds-bleus aussi beaux que des améthystes, les vesses perlées ou d'un blanc éclatant et les oronges à la chair épaisse et parfumée, elles y retournaient chaque année, faisant preuve de ruses indiennes afin d'égarer les curieux.

Magali, dernière venue à la Salomone, était à la recherche d'un territoire. Là-bas, au fond de la plaine où elle avait vécu dix-sept ans, elle aurait déjà rempli son panier de champignons, mais cela lui était égal d'en trouver peu. Elle était enfin seule, loin de toutes ces femmes qui la dorlotaient et de la surveillance discrète d'Amédée. Ces échappées solitaires la réconciliaient avec la nature. Elle se sentait protégée.

Au loin, du Jouc de l'Aigle à Siou Blanc, des coups de feu retentirent. La folie de la chasse avait repris. Nobles, paysans, bourgeois, artisans, jeunes, vieux postés à l'affût criblaient de chevrotines ou de petits plombs tout ce qui volait, courait ou rampait. Justin en était. Parti avec Antoine, il arpentait en ce moment même le plateau d'Agnis avec l'espoir de débusquer lièvres et perdreaux. Elle soupira. Elle n'aimait pas la chasse qui troublait l'ordre des choses, elle préférait les pièges aux fusils. Et puis, il y avait les risques d'accident, les vengeances. A la fin de la saison, on comptait les morts et les blessés.

Cette pensée perturba sa quiétude. Elle eut un goût de cendre dans la bouche. Décidément, elle détestait la chasse ! Comme des chiens aboyaient à moins de cinq cents pas de l'endroit où elle se reposait, elle décida d'aller plus avant dans le vallon.

La chasse était lancée. Les rabatteurs usant d'ustensiles de cuisine, de cornets et de bâtons avançaient en une longue ligne de plusieurs centaines de mètres. Aux points de passage, au-dessus des étranglements, dans le fond des ravins, derrière les bories, les invités pointaient leurs gros calibres, s'attendant à voir surgir d'un instant à l'autre les meutes de sangliers. Le préfet ouvrit le feu une première fois pour la forme. On l'imita, usant un bon nombre de cartouches à travers la brume. Ce fut grisant ! Le notaire cria même « mort aux Boches ! » en descendant la branche basse d'un chêne kermès.

– C'est fichu, bougonna Caronet. Les bêtes vont nous échapper.

– Peu importe les sangliers, répondit Roumisse.

Le maître des glaces regarda au loin, flattant l'encolure du hongre qui piaffait d'impatience.

– Tout doux, mon beau, la chasse, la vraie, elle est pour nous.

Un général armé d'un fusil anglais lui fit un

signe. Il lui répondit d'un mouvement de tête. A présent, ils étaient seuls. Le rescapé du désastre de Sedan venait d'être englouti par les cades aux branches serrées.

Caronet tenait le chien, un braque, le meilleur limier à vingt lieues à la ronde. S'assurant à son tour qu'il n'y avait plus personne, il ouvrit la gibecière qu'il portait à l'épaule et en retira un morceau d'étoffe. Il le renifla. Ça sentait la lavande. Puis il le mit sous la truffe du chien.

– Tu es sûr que ce châle appartient à la fille?

– Par saint Étienne, mon patron, je vous jure qu'il est d'elle. J'ai risqué gros pour ce chiffon!

Il montra la pièce de bure rehaussée de fleurs rouges et jaunes. Ce n'était pas un châle, mais tout au plus un fichu pour l'hiver qui devait protéger la belle chevelure que Roumisse rêvait de caresser. Le braque jappa et tira sur sa laisse.

– Eh ben! Il en a du nez, le bougre! Il est déjà sur la trace! Allez zou, montre-nous le chemin.

Le chien entraîna Caronet dont la bedaine se mit à ballotter.

– C'est pas bon, c'est pas bon, se murmura-t-il en voyant la direction qu'il prenait.

Le visage inquiet, l'intendant prit ses repères. Ils allaient vers l'est, au sud de Bagatelle, en pleines terres communales du village de Signes. Cette traque ne lui disait rien qui vaille. Pas même les francs-or que lui donnait le maître. Il jeta un coup d'œil sur ce dernier. Roumisse, sur son cheval, avait le regard vague, perdu dans les brumes où se dissimulait sa proie. Caronet frissonna, houspilla le braque, il y avait de la folie dans ce regard-là.

Magali souleva les feuilles. Une bouffée de joie monta à sa gorge. Des pieds-bleus. Trente au moins. Les reflets violets de leurs chapeaux la fascinèrent un instant. Elle s'empara de son couteau pour les couper à la base lorsque le chien aboya. Elle se retourna. L'animal était à dix pas d'elle.

– Vous !

Maintenant le chien, Caronet la contemplait sans complaisance.

– Je t'avais averti ! reprit-elle en pointant le couteau.

– Quel tempérament !

Magali se figea. Roumisse, tel un fantôme, traversa la brume sur son coursier. Elle éprouva soudain de la peur en se mesurant à ce regard. Elle aurait pu filer, il y avait une ligne de rochers non loin d'ici, mais son sang se glaça, ses muscles refusèrent d'obéir.

– Elle est à vous, dit l'intendant avec l'intention de s'éclipser.

– Reste ici, j'aurai peut-être besoin de toi.

Caronet sentit à son tour descendre le froid en lui. Il lui fut impossible d'enfreindre l'ordre.

– Alors, ma belle, comme on se retrouve.

Roumisse fit avancer le hongre. Du haut de son cheval, il la dominait. Il la voyait telle qu'elle était, impassible et farouche, avec son cou très mince et ses seins un peu lourds cachés sous une capeline de berger, ses hanches que soulignait la jupe d'un noir lustré, usée par les lavages et les repassages. Elle lui rappela vaguement une autre femme enfouie dans sa mémoire, mais c'était si loin qu'il n'arriva pas à lui mettre un nom. Il descendit de selle. L'heure n'était pas aux souvenirs mais aux plaisirs. Le couteau qu'elle brandissait ne l'impressionnait guère.

– N'approchez pas!

Pourquoi ne pouvait-elle pas lui trouer la panse? Il était à sa merci. La lame tremblait au bout de son poing. Était-ce si difficile de tuer un homme?

– Tu vas être gentille, n'est-ce pas? lui dit-il en se saisissant brusquement de la main armée.

Ce contact la fit réagir. Elle résista. Elle était forte, mais il l'était encore plus.

– Allons, souffla-t-il pendant cette lutte, sois raisonnable. Tu as beaucoup à gagner. Pourquoi ne pas profiter des opportunités? Est-il possible que les paysans aient tes faveurs? La poussière, la boue et les herbes foulées à la Salomone ont-elles pour toi tant d'attrait?

Il parvint à la désarmer et jeta l'arme au loin. Alors, elle le gifla, puis le griffa.

– Tu l'auras voulu, putain! cria-t-il en lui prenant les bras pour la renverser sur la mousse.

Toujours silencieuse, elle se débattit. Roumisse ne parvenait pas à ses fins. Il avait réussi à remonter la jupe, à trousser les jupons, à mordre un sein à travers le corsage, mais la bouche et le ventre lui échappaient. La garce se défendait avec rage, le couvrant de griffures et de bleus. Son désir décuplait à chacune des ruades de sa victime. Sa nature était violente, et c'était par la violence qu'il assurait son emprise sur le monde. A un moment, il sut qu'il n'arriverait à rien. Il hurla à son intendant de l'aider.

– Tiens-lui les bras !

Le gros Caronet maugréa, mais obtempéra, pesant de tout son poids sur les bras de Magali.

Roumisse triomphait. Il ouvrait, forçait les cuisses nerveuses. Cela lui rappela sa jeunesse dévoyée à Marseille lorsqu'il soudoyait les jolies pauvresses du Panier. Quand il s'enfonça en elle, d'un coup de reins brutal, et qu'elle cria, il se souvint de l'autre femme violée à la Saint-Jean, dix-huit ans plus tôt, et il sut pourquoi il désirait tant Magali.

8

Sur le plateau d'Agnis, la garrigue s'éveilla. Il y eut des battements d'ailes, une galopade de rongeurs et de lapins à travers les taillis. Une salve terrible venait d'être tirée du côté de la Lauzière. Vingt à trente fusils déchargeant tous ensemble. Une pareille mitraille augurait d'un beau tableau de chasse.

– Une battue, en conclut Antoine.

Justin se tourna vers l'ouest, se demandant qui menait tant d'hommes en terre signoise. Apparemment, ce devait être le comte Villeneuve Esclapon ou Jean d'Espinassy de Venel et de la Jaconière. Ces hommes chevaleresques respectaient les règles de la chasse. Cette pensée le rassura car la troupe semblait assez près de la Salomone. Les collines demeuraient invisibles. Sol et ciel se confondaient dans la ouate humide qui s'épaississait de minute en minute. Il songea aux femmes. Ces têtes de mule étaient aux champignons. « Vous partez à la chasse, nous allons à la cueillette », avaient-elles répondu en chœur lorsqu'il avait évoqué les dangers d'une pareille journée.

Alors qu'il reprenait sa marche derrière son oncle le coiffeur, d'autres coups partirent des quatre coins de la commune.

– Ça, c'est le fusil du maire... Je crois même reconnaître la pétoire de notre Olive du Café de France. Peuchère de nous ! Ils vont nous tuer tout le gibier. Qu'attendez-vous, chiens de cirque, pour lever un faisan ? Regarde-moi ces deux-là ! Ils sont tout juste bons à poursuivre les chats dans le village.

Les deux compagnons au poil blanc et soyeux, Fanfan et Foufou, bâtards de luxe, avaient beaucoup de panache. Hauts sur pattes, l'œil vif, la queue pareille à un plumet de sultan turc, ces deux frères gambadaient joyeusement autour des deux hommes. Ils avaient du flair pour le sucre, la soupe grasse à la couenne et les os de bœuf mais ils ignoraient les animaux des forêts. Antoine les emmenait par plaisir, les engueulant quand il revenait bredouille de la chasse.

Fanfan et Foufou suivirent les hommes qui se dirigeaient au hasard. Ils parvinrent au Jas du Marquis. Lieu étrange où le sol s'était effondré sur une ancienne grotte. La cuvette bordée d'épineux était pleine de cette brume qui collait aux pierres et aux racines. Mû par un pressentiment, Justin lança encore un regard appuyé en direction de l'ouest. La présence des femmes dans les sous-bois l'obsédait. Saloperie de champignons ! La cueillette, c'était bon pour les pauvres qui n'avaient rien à se mettre sous la dent.

– Justin ! appela tout bas Antoine.

– Qu'y a-t-il, *ouncle ?*

– Tu n'as rien entendu ?

– Ma foi...

– Tu vaux pas plus que mes chiens. *Y a oune besti* là-dedans et ce n'est pas un rouge-gorge.

Justin observa Fanfan et Foufou, assis sur leur arrière-train. La langue pendante, ils offraient le plus beau des sourires canins aux deux hommes.

– Va par là ! lui intima Antoine en lui montrant la gauche.

Justin arma son fusil et s'avança doucement le long du bord de l'excavation naturelle. Il n'y avait rien dans le fouillis inextricable de la dépression. Rien à voir tant l'air était opaque. Il dévala la pente sur quelques mètres. Des pierres roulèrent. Le silence. Les chiens n'aboyaient pas. Justin pensait toujours à ces satanés champignons. Quelque chose ne tournait pas rond, il en était sûr. Il allait remonter auprès des chiens lorsque, dans un déchirement de brume, il le vit.

Un sanglier. Un vieux mâle énorme. Il ne bougeait pas. Son groin armé de deux défenses longues d'une main laissait échapper un grognement inquiétant.

Justin le lorgna sans plaisir. Trois cents livres de nerfs et de muscles, une boule de poils poissés de boue et de sang.

Un vieux mâle blessé.

– Nom de Dieu de nom de Dieu ! siffla Justin en sentant son estomac se creuser et sa gorge se dessécher. Il venait de se rappeler que son fusil était chargé de cartouches à petits plombs.

Lentement, il laissa glisser ses doigts le long de la cartouchière. Les chevrotines, il les portait sur la hanche droite. Il en extirpa deux de leurs étuis de cuir sans trembler. A présent, le plus dur était d'ouvrir le fusil.

L'animal ne lui en laissa pas le temps. Il chargea. Ce fut à cet instant qu'il entendit nettement Magali. C'était un cri de désespoir venu des limbes de son esprit. L'appel fut si fort qu'il en eut mal au crâne. Affolé, il tira au jugé ses deux misérables cartouches à perdreaux. Le solitaire le heurta de toute sa masse.

Justin tomba et roula jusqu'au fond du Jas, échappant quelques secondes à la vengeance du sanglier. Ce court laps de temps lui permit de dégainer son couteau. L'animal fonçait à nouveau sur lui avec l'intention de le déchiqueter. Il l'attendit à genoux et le reçut en pleine poitrine. Alors, s'accrochant à cette hure fétide, il lui larda le ventre. Une fois, deux fois, dix fois, taillant dans les tripes avec la force du désespoir. Soudain, la bête s'affaissa et il s'écroula près d'elle, perdant son sang à l'aine.

– Hé ! Hé ! *Pitchoun !* Hé !... Vierge Marie ! il t'a arrangé. Dis-moi quelque chose, au moins !

Antoine avait entendu le coup double lâché par son neveu, puis la lutte sourde au sein des brosses d'églantiers et de houx. Maintenant, face à ce désastre, il ne savait que faire. Les chiens l'exaspéraient par leurs couinements. Justin ne parlait pas. Il repoussa la lourde bête en jurant.

– Ne jure pas, tonton...

– Ah ! Il a encore sa langue... *Capoun ! Testo-d'ai ! Sarveou rou !* [1] On n'a pas idée de se battre au couteau avec des monstres pareils !

1. Vaurien ! Têtard ! Tête fêlée !

– On aura du civet pour le repas de mariage, lâcha Justin avant de s'évanouir.

Quand on ramena Justin à la Salomone, Magali resta debout comme une statue, pétrifiée par l'angoisse. Puis un cri de douleur sortit de ses lèvres. Après un coup de sang qui la fit chanceler, les mains sur la poitrine, elle pleura éperdument avec des spasmes. Elle pleura son amour, sa honte, son désespoir. Il y avait cette salissure entre ses cuisses, il y avait son homme blessé. Elle en voulut à ce monde de violence et de misère, et à Dieu surtout, qui l'avait acceptée dans son troupeau par le baptême.

Après la visite du docteur Charpin, tout s'arrangea. Justin avait une blessure superficielle à l'aine, quatre côtes cassées et le corps bleui par ses roulades sur les caillasses. La perte de conscience, puis le délire et la fièvre qui suivirent étaient dus au relâchement après l'affrontement mortel, à la peur formidable qui avait bloqué ses fonctions vitales pendant une poignée de secondes.

Magali tut son secret. De fait, la situation la sauvait de la tourmente. L'amour prit le pas sur la haine. Momentanément. Elle sentit qu'elle y avait gagné, pour le meilleur ou pour le pire, une vision plus claire de sa condition. Elle était femme, valeur négligeable, objet de désir dans un univers fait pour les hommes. Puis la rebelle s'éveilla. Quand elle était au côté de Justin dans l'obscurité de la chambre, elle lui saisissait brusquement la main, la broyait dans ses doigts fins, luttant contre des bouffées de haine. Lui s'éveillait et demandait ce qui n'allait pas. Elle lui répondait que ce n'était rien, que le bébé bougeait peut-être. Alors il se glissait sous les draps, posait son oreille sur la légère rondeur de cette chair chaude et palpitante. Évidemment, il ne pouvait rien sentir à ce moment de la grossesse, mais il s'inventait des perceptions avant de se rendormir, bercé par le souffle profond de la femme qu'il aimait.

Ce fut pendant ces longues nuits qu'elle forgea des plans. Elle imagina des embuscades lors des tournées de Caronet, du poison versé dans les futailles de Roumisse. Elle mûrissait sa vengeance. Elle prendrait son temps. Il fallait qu'on croie à des accidents. Le matin, elle se levait, la tête pleine de projets horribles, puis elle se rendait au puits. De l'eau, elle en usait beaucoup. Elle se lavait dans le baquet à linge. La brosse de crin entre ses mains devenait un objet de torture ; elle se frottait jusqu'au sang, entre les cuisses surtout, comme si elle voulait effacer le viol. Mais ni le crin, ni l'eau, ni le savon de Marseille ne pouvaient le lui faire oublier.

Heureusement, on approchait du mariage. Henriette lança les invitations. Antoine fit une provision de vin et d'eau-de-vie. Justin, remis de son aventure, s'improvisa menuisier, assemblant des tréteaux et clouant des planches car on prévoyait de déjeuner en plein air. Il fallait trois longues tables pour accueillir le clan et les amis.

Accompagnée des cousines et de la grande Colette, Magali se rendit presque tous les jours à Signes. La confection de la robe ne fut pas une mince affaire. Chez Mlles Étienne et Bonasse, les modistes, les cousines se disputèrent sur le choix d'un fichu en palatine brodé. Pendant les essayages, elles en vinrent aux mains. On dut les séparer et les renvoyer méditer à la Bastide Blanche. Magali se laissa prendre au tournis de ces préparatifs. Ce mariage avait du bon. Les Signois la regardaient d'un autre œil à présent. Elle était saluée par les matrones du village. En quelques jours, elle perdit les surnoms qui faisaient d'elle « une catin » ou une « fille perdue ». Pourtant, perdue, elle l'était. Dans les moments de solitude, elle se revoyait forcée par Roumisse. Elle aurait pu se libérer lors de la confesse, mais sa honte fut plus forte que les espoirs promis par Charles.

Le grand moment arriva.

Lorsque Justin et Magali échangèrent les alliances, le silence se fit. Tous les regards s'attendrirent à l'instant de la bénédiction. Henriette et les cousines essuyèrent leurs larmes ; Amédée oublia ses jambes mortes. Puis les époux se dirigèrent vers la Vierge toute tachetée d'une lumière douce tombant des vitraux. Depuis que Magali était entrée dans l'église, son cœur cognait dans sa poitrine. La Mère de Jésus savait combien elle souffrait. La jeune mariée la contempla éperdument avant de déposer son bouquet entre les cierges. « Donnez-moi la force », pensa-t-elle. C'était une pensée sacrilège. Cette force, elle la demandait pour accomplir sa vengeance. Elle recula, soudain rougissante, se tourna vers Justin et réalisa, à la vue de son regard d'adoration, l'intensité de son amour.

Justin vivait le plus beau jour de sa vie. Il avait le cœur léger, l'âme sereine. Il avait tout raconté à Charles. La page était tournée. Magali portait son enfant et il savait que dans son infinie miséricorde Dieu lui avait pardonné les fautes passées.

Lorsque les chants retentirent dans l'église Saint-Pierre, ce fut un homme nouveau qui s'avança au bras de la mariée. Il croisa le regard de son père, celui de Viguière. Il lut l'admiration et la confiance que les deux hommes lui témoignaient, il sut qu'un avenir radieux l'attendait au-delà de la porte grande ouverte sur le parvis.

Devant l'église, il y avait foule. Au village, on ne ratait jamais un mariage. C'était une bonne occasion de jaser et d'en savoir un peu plus sur la fortune des familles Giraud et Rupert. Lorsque les mariés apparurent avec leurs nombreux parents, les langues se délièrent. En quelques coups d'œil, les pipelettes soupesèrent les bijoux d'Henriette et de ses sœurs, les toilettes des demoiselles, nommèrent les invités de marque. On s'étonna de la présence du docteur Charpin, du baron Guilibert, du comte Jean d'Espinassy de Venel et du notaire Laurent. Les mauvais esprits avancèrent que la fête à la Salomone était un prétexte à réunion politique. Puis les conversations moururent quand la délégation des célibataires s'avança vers Justin.

Le facteur Panétaux menait la troupe forte d'une trentaine d'hommes.

Il arrêta d'un geste solennel le marié et lui demanda :

– Tu as la pelote?

Justin sourit à son ami et lui tendit une bourse. La pelote était une somme d'argent symbolique qui permettait aux époux d'éviter le charivari pendant la nuit de noces. Le facteur compta les sous. Il y avait de quoi offrir deux tournées d'absinthe aux célibataires. Cela lui parut suffisant.

– C'est bon, dit-il, cette nuit on vous laissera tranquilles. Autre chose. Pourra-t-on compter sur toi à la fête de la Saint-Eloi ?

– Oui, répondit Justin.

Panétaux serra la main du marié et embrassa la mariée. Magali eut un sourire contraint. Les événements la portaient. Elle avait hâte que tout cela se termine. La foule s'écarta, le cortège se forma, mais il buta aussitôt sur une nouvelle apparition.

Ce que Justin redoutait arrivait. Victorine et Agathe venaient de surgir entre les roseaux du Raby. Magali eut un choc en voyant sa mère. Cependant, elle tint bon, calmant Justin qui s'apprêtait à les chasser du chemin.

– Laisse-moi lui parler, lui dit-elle.

Elle s'approcha de sa mère sans faillir, soutenant son regard.

– Maman, faisons la paix.

Victorine se raidit. La paix ? Jamais. Sa fille s'était donnée à Charles, à Jésus. Elle n'appartenait plus au monde de Signes la Noire. Elle était partie comme une voleuse pour rejoindre ce joli-cœur de Giraud. Toisant Justin, elle cracha dans sa direction.

Il y eut des murmures. Cependant, personne n'osa bouger. Justin était blême. Antoine le retenait par le bras.

– Ne comprends-tu pas que j'aspire à une vie normale ? dit Magali qui espérait encore faire changer sa mère d'avis. Ça peut te paraître bête, maman... mais je veux être une bonne épouse et une bonne mère. J'aime Justin.

– Aimer ! Toi ! Tu comprendras vite de quoi sont faits les hommes. Ton Justin, pauvresse, il ne vaut pas mieux que les autres. Il t'a déjà abandonnée une fois, il t'abandonnera encore.

Magali encaissa le coup. Tout le passé remonta brutalement. Sa mère jetait son fiel. Rien ne semblait la toucher, ni la proximité de l'église, ni l'animosité du clan Giraud. Elle ne semblait même pas avoir conscience du cercle de villageois. Les Signois étaient venus par curiosité. A présent, ils se délectaient du scandale. Elle en vomissait des saletés, la mère Victorine ! Ça sortait de sa bouche avec des mots crus. Sa fille était au bord des larmes.

En effet, Magali retenait un gros sanglot. Elle se fit violence et répliqua :

– Tu dis tout ça parce que tu n'as jamais su garder un homme !

Sur le coup, Victorine suffoqua de rage. Elle ne pouvait se laisser impunément insulter par cette gueuse. Elle hésita cependant à lui donner une gifle car une idée germait dans son esprit. Elle prit soudain conscience de tous ces gens qui ouvraient leurs oreilles.

– J'ai un secret à te confier.

Magali contempla sa mère avec appréhension. Qu'avait-elle donc à dire pour adopter un ton aussi grave ? La femme en noir lui tendait la main, l'invitant à descendre dans le lit du Raby, sous la protection des roseaux.

Magali eut un regard pour Justin avant de suivre sa mère. Le silence sur la place de l'église était tel qu'on entendait roucouler les pigeons. Le clan des Giraud restait figé en tête de cortège. L'événement les dépassait tous. Même le père Charles en habit de cérémonie, la croix sur la poitrine, demeurait interdit. Ils suivirent des yeux la mariée et sa mère. Les deux femmes s'enfoncèrent de quelques mètres dans la jonchaie.

– Tu dois connaître la vérité sur ta naissance, murmura Victorine.

Magali se sentit vaciller sur ses jambes. On n'en avait jamais parlé.

Il y a longtemps, elle avait interrogé Marthe sur ce mystère, mais la vieille mégère s'était tue, lui lançant un regard noir qui la pria de ne plus poser cette question. A présent, elle allait savoir. Elle devinait que ce secret allait lui faire mal, que sa mère cherchait avant tout à la meurtrir.

Victorine tardait à parler. Ce n'était pas aussi facile qu'elle le croyait, de lâcher ce nom. Ce drame, elle l'avait enfoui au plus profond d'elle-même. Elle se racla la gorge, évita le regard de sa fille.

– C'était au bal de la Saint-Jean... l'année de la démission de MacMahon [1]. La mairie avait fait percer des futailles. On buvait le vin par litre. Et les têtes tournaient d'autant plus qu'on dansait la volte

1. En 1879.

et le branle. Tu sais, moi aussi j'aurais pu me marier en ce temps-là. Gravat le maçon me faisait la cour.

Victorine cherchait ses mots. Il y avait de l'émotion dans sa voix. Elle raconta la fête, les tensions sur la place du Marché, les bagarres qui éclataient entre communards et bonapartistes.

– Moi, je savais pas que l'Autre me voulait. On me l'avait dit mais je refusais de le croire. Un homme comme lui, riche et en vue, ne pouvait pas désirer une fille des champs. Je le regardais même pas. En ce temps-là, il venait au village avec ses amis et des gourgandines de la ville. Si j'avais su... Ce soir-là... A la fin du bal, il m'a suivie sur le chemin du Gapeau. J'avais tellement bu que je voyais même pas les pierres. A chaque pas, je butais. Il m'est tombé dessus tout près de la source. Je ne pouvais pas lui résister. Il m'a fait tout ce qu'il voulait, le couteau sur la gorge... C'est comme ça que tu as été conçue... par une bête au creux d'un chemin.

– Maman, dis-moi son nom!

Magali était bouleversée. Cette histoire lui rappelait la sienne. Elle eut un élan pour sa mère qui s'effondrait en larmes.

– Son nom, maman! Ma petite maman...

– Roumisse.

Le sang de Magali se glaça. Elle n'avait sûrement pas bien entendu. Pourtant Victorine répétait ce nom maudit entre ses dents. Son père était l'homme qu'elle haïssait le plus au monde. Elle laissa échapper un gémissement tellement profond que sa mère oublia son propre malheur.

– Tu le connais? s'étonna Victorine en la voyant

si bouleversée. Où l'as-tu vu puisqu'il ne vient plus à Signes ? Réponds-moi ! Tu me caches quelque chose. Que t'a-t-il fait ? Tu ne veux pas me le dire... Je le saurai quand même. Magali !

Magali s'était détournée. Henriette Giraud venait d'apparaître entre les roseaux. Elle la prit dans ses bras et lui caressa la joue. Puis elle apostropha Victorine.

– Vous ne vivez donc que pour le mal. Est-ce que vous aimez votre fille ? Lui faire ça le jour de son mariage ! Disparaissez ! Retournez à Signes la Noire et restez-y à jamais !

Victorine n'entendait rien, ne voyait rien. Le sol aurait pu s'ouvrir sous elle sans qu'elle pousse un cri. Elle était déjà dans un trou de ténèbres et elle marmonnait. « Je le saurai... Il le paiera... S'il lui a fait des saletés, il le paiera de sa vie... Oui, il est temps qu'il paie. »

9

Trois mois passèrent. Janvier fut terrible. Le mistral souffla pendant deux semaines pour la plus grande joie des glaciers et le malheur des paysans. La montagne, dans l'ébranlement de l'air et du sol, se vida de ses bergers et de ses charbonniers.

Elle appartenait à Justin et à ses compagnons. Justin aimait se retrouver dans les bassins au moment de la récolte. Chaque bloc de glace qu'il taillait était une promesse de bel avenir. Chaque bloc enfermé dans une tour, c'était une pierre gagnée pour la construction de leur maison. L'idée de bâtir une bastide non loin de la Salomone s'était imposée à lui quand son père avait béni la bûche de Noël en récitant les paroles rituelles :

Allègre ! Allègre !

Mes beaux enfants, que Dieu vous allègre !

Cacho-fio *arrive. Tout bien arrive !*

Dieu nous fasse la grâce de voir l'an qui vient !

Si nous ne sommes pas plus, que nous ne soyons pas moins !

Ils allaient être plus. Le ventre de Magali s'arrondissait. L'enfant naîtrait en avril. Il était inquiet cependant. Sa jeune épousée semblait lointaine, détachée des contingences de la vie quotidienne. Elle disparaissait des heures durant dans la campagne malgré le froid. L'émoi qu'elle provoquait à la Bastide Blanche la laissait indifférente.

Henriette disait que, dans cet état, les femmes ont souvent des lubies et qu'il fallait attendre l'accouchement pour que tout rentre dans l'ordre. Justin n'en était pas si sûr. Ça n'avait rien à voir avec une fantaisie de femme grosse. C'était quelque chose de profond qui remontait au jour du mariage, après l'altercation de Magali et de sa mère. La fête avait été gâchée. La mariée murée dans le silence avait écourté les libations et la nuit de noces avait été la plus triste de toutes leurs nuits.

Souvent, il lui prenait l'envie de descendre à Signes la Noire et de tordre le cou à Victorine. Tout était de la faute à cette mauvaise mère. Qu'avait-elle pu dire à sa fille pour la rendre aussi malheureuse et taciturne ? Il n'osait pas le demander à Magali. Il respectait son silence, se disant qu'un jour, elle se soulagerait en lui dévoilant son secret.

En attendant, il travaillait pour elle et pour l'enfant. Il était au fond de la tour de Basset quand le sifflet de la pause retentit. Fidèle à ses habitudes, il dédaigna les échelles et grimpa à la corde de la poulie pour rejoindre son patron. Viguière l'attendait avec une miche de pain et du lard. Lui aussi paraissait bizarre depuis quelque temps. Justin le savait malade et préoccupé par ses affaires. Il l'épaulait du mieux qu'il pouvait, se chargeant de recruter les journaliers lors des cinq ou six récoltes de glace, entre les mois de décembre et de mars. L'affaire tournait, les bénéfices s'amoncelaient, pourtant le maître des glaces, à la grande déception de Justin, avait renoncé à la construction d'une nouvelle tour.

– Tiens, bois, lui dit Viguière en lui tendant la gourde qu'il portait à l'épaule.

Justin porta le goulot à ses lèvres. La gnole, du soixante degrés, lui brûla la langue et la gorge. Elle lui fit un bien immense en lui chauffant l'estomac.

A son tour, Viguière but. Plus que de coutume. Il avait du souci. Cela se voyait à la fronce des sourcils, à la façon dont il regardait tous ses hommes réunis pour la pause.

– Mes chers compagnons, balbutia-t-il.

Il avait l'air d'un homme sur le départ. Justin s'attendait au pire. Le docteur Charpin n'était pas optimiste sur la santé du bonhomme ; il tenait cette confidence de la grande Colette. La jeune femme qui fricotait ouvertement et officiellement avec le docteur savait des choses sur les maladies des uns et des autres.

Justin se fit une raison. Le maître allait lui annoncer sa fin prochaine. De la tristesse se peignit sur ses traits car il aimait Viguière comme son père.

– Suis-moi, lui dit son patron.

Ils coupèrent à travers bois et rejoignirent le chantier de la tour. Un trou marquait l'endroit où devait s'enfoncer le puits. Il était peu profond et entouré d'une cargaison de pierres taillées dans le plus grand désordre. Les maçons avaient abandonné leur tâche au printemps sur l'ordre de Viguière. Le vieil homme n'avait donné aucune explication. Les Italiens enrôlés par Gravat étaient repartis à Toulon sur d'autres chantiers avec une prime de dédommagement, et l'érection de la glacière avait été stoppée net.

Justin suivit des yeux son patron qui errait parmi les restes du monument. Dans deux ans, les ronces recouvriraient le tout. Il en eut la gorge nouée. Cette tour qui devait être aussi vaste qu'une cathédrale lui avait été promise. Elle ne se dresserait jamais sous le ciel balayé par le vent.

– Tu vois ça, lui dit soudain Viguière en montrant d'un geste large le périmètre encombré de matériaux. C'est la cause de tous mes tourments.

Justin sourcilla. Il regarda mieux l'entassement des pierres, compta trois poutres et cinq chevalets, estima les heures de travail passées sur l'excavation, se disant que son patron avait tort de se ronger les sangs pour une si faible perte. Quarante mille francs. Le cinquième des bénéfices d'une tour en fonctionnement.

– Les glacières vont disparaître, ajouta Viguière sur un ton embarrassé et mourant.

– Disparaître ? reprit Justin.

Ce fut le seul murmure de ses lèvres. Sur les terres de Basset, où le mistral semblait souffler plus fort, il sentit soudain le froid. Le mugissement du vent devint lugubre. Il eut la vision d'une Sainte-Baume désertée, des tours à glace livrées aux corbeaux.

Viguière vint tout près de lui et déballa ce qu'il avait sur le cœur depuis plus d'un an.

– Cent fois, j'ai voulu vous réunir et vous expliquer... Le courage me manquait. Comment dire aux gars que la glace des montagnes, c'est fini, que le pays va mourir. Ils n'auraient pas compris.

– Moi non plus, je ne comprends pas.

– *Pitchoun*, le progrès nous a rattrapés. On sait faire de la glace industrielle à présent. J'aurais dû investir et me lancer dans cette fabrication, mais Roumisse m'a devancé. Cette canaille a jeté des millions dans la bataille. Sa première usine à glace va entrer en fonctionnement dès l'été prochain à Toulon et il a déjà acheté des terrains à Marseille, à Aix et à Hyères pour en construire d'autres.

– On se battra ! clama Justin en dressant le poing. Les gens préféreront toujours notre glace.

– Les gens préféreront payer dix fois moins cher de la glace chimique. On a perdu, petit. C'est notre dernière saison.

Justin, blanc d'émotion, écoutait et doutait. Son patron se trompait. Il y avait des traditions, des habitudes. Les hommes se méfiaient du progrès. On ne pouvait pas quitter ces montagnes parce qu'un Roumisse avait décidé que l'avenir de la Provence se jouerait désormais dans les villes.

– On se battra, répéta-t-il.

Viguière ne le reprit pas. Raidi et muet au milieu de son chantier inachevé, il contemplait leur montagne. Deux grosses larmes coulaient sur ses joues.

Dans la cheminée, le bois flambait. La salle brunie par le temps, avec ses cuivres cabossés, était pleine de l'odeur de la fumée. Au milieu de la longue table vernie, le pain chaud arrondissait son ventre brun. Magali venait de le sortir du four. Elle allait et venait depuis l'aube dans la Salomone, remplissant les menues tâches qu'on consentait à lui céder maintenant que son ventre pointait sous sa chemise de calicot.

Henriette était partie travailler à la verrerie. Restait le père. Morne, avec sa face fermée de soldat, il la suivait gravement du regard quand elle apparaissait dans la pièce commune. Entre eux, ça n'allait plus. Amédée en voulait à sa belle-fille. Elle n'obéissait en rien. On lui disait de rester au chaud, de manger doublement. Elle sortait, s'exposait à la rudesse de l'hiver, goûtait à peine les plats au cours des repas. Et cet imbécile de Justin se taisait. C'était lui, le mari, après tout ! Où allait-on si les femmes n'en faisaient qu'à leur tête ? Tout marchait de travers dans ce pays depuis qu'on leur accordait des droits. Il n'y avait qu'Antoine pour applaudir à toutes ces lois que ce fichu parlement républicain votait en faveur des femmes. Ces salopards avaient rétabli le divorce, la pleine capacité civile à la femme séparée de corps, et comble du malheur, ils venaient de leur ouvrir la voie du vote en leur permettant d'être électrices aux tribunaux de commerce.

Au fond, il se foutait de l'indépendance des femmes : il y avait bien longtemps que la sienne portait la culotte. Ce qu'il n'admettait pas, c'était que Magali puisse mettre en danger la vie du petit. Elle pouvait le perdre à tout moment. Là, à cet instant même. Magali venait de prendre une lourde bûche entre ses bras. Elle la déposa dans l'âtre, puis la face rougie par le feu, elle revint vers la table pour pousser le pain devant Amédée.

– Voulez-vous du lait ?

Il lui répondit par un grognement qui signifiait oui. Encore quelques minutes et il éclaterait de colère. Elle lui versa le lait dans un bol, le toisant alors qu'il serrait les dents.

Magali se devait d'être forte et distante. Mille fois, face à son beau-père, elle avait failli tout raconter. S'il savait ! Elle se détourna brusquement, l'émotion gagnait ses yeux. Son ventre lui faisait mal, mais c'était surtout dans sa tête qu'elle avait du mal quand elle revoyait le visage crispé de son père sur le sien. Elle s'approcha du feu. Il crépitait. Des braises coulaient entre les chenets. L'une d'elles roula et tomba hors de l'âtre. Magali n'hésita pas à s'en saisir. Elle referma son poing sur le morceau ardent et marmonna :

– Je te tuerai, Roumisse !

Amédée se demandait ce qu'elle disait tout bas. Ce n'était pas la première fois qu'elle ronchonnait. Peut-être jurait-elle contre lui ! Ce qu'il redoutait arriva. Il la vit se diriger vers son manteau de mouton, le décrocher de la patère et s'en revêtir.

– Te voilà repartie, bougresse !

Elle ne broncha pas. Elle était habituée aux emportements du vieux Giraud. Ce dernier se maintenait presque droit, les poings plaqués sur la table, soulevant son corps mort à la force des bras.

– Prends garde à toi ! ajouta-t-il. S'il arrive quelque chose au petit, je...

Elle n'en entendit pas plus. Le flot des paroles

d'Amédée fut emporté par une bourrasque de vent lorsqu'elle ouvrit la porte. Elle traversa le champ gelé. Son grand manteau de berger battait autour d'elle. Le mistral lui mordait le visage. Magali lui résistait. Ces attaques glaciales ne l'abattaient pas. Au contraire, elles lui durcissaient le corps et l'esprit. Elle savait exactement où elle devait se rendre. Ça faisait des semaines qu'elle parcourait les collines bordant Font Mauresque. Et ses explorations avaient fini par payer. Elle tenait un bout de sa vengeance. Oh! c'était un tout petit bout, une chiquenaude au regard des coups terribles qu'elle voulait porter à Roumisse, mais ça lui réchauffait le cœur. Si elle ne pouvait pas avoir la peau du maître hivernant à Marseille, elle aurait celle du serviteur.

Aujourd'hui était le dernier jour pour Caronet.

Le gros intendant veillait sur la propriété des Roumisse, mais il avait de mauvaises habitudes. Tous les trois jours, il partait à l'aube pour une longue tournée à travers les garrigues, posant des pièges à grive dans des endroits bien précis.

Magali s'était attachée à ses pas des matinées entières, le suivant de loin, observant tous ses gestes. Au vallon de la Caou, il s'asseyait toujours sur la même souche pour casser la croûte. Sous les rochers de Pédimbert, il sortait une paire de jumelles de leur boîtier et scrutait le vaste panorama, à la recherche d'autres braconniers dont il ne tolérait pas la présence sur les terres de son maître. Pédimbert était son coin. Sur ce site sauvage, le gibier pullulait. Le Caronet y plaçait presque tous ses pièges. Et c'était là que Magali avait placé le sien.

Magali grimpa sur l'escarpement de Pédimbert. Tout était prêt. Elle vérifia « sa machine », comme elle disait tout bas. Sa machine n'avait pas bougé. Puis elle descendit vers le chemin qui serpentait sous le surplomb pour examiner le sol. Son plan avait mûri nuit après nuit. Elle s'y était préparée avec calme, ne laissant rien au hasard. Ce sol, elle l'avait remué la veille. Deux pièges de l'intendant étaient posés là, au milieu des buissons épineux. Ils étaient vides. Alors elle tira des plis de sa robe deux oiseaux morts qu'elle avait achetés trois jours plus tôt au marché de Signes et leur coinça le cou après avoir déclenché le mécanisme à ressort des ingénieux « attrape-grives ». Puis, reculant, elle prit garde de ne pas poser les pieds à l'endroit où elle avait travaillé la veille. Elle parut satisfaite. Même un œil averti comme celui du Caronet n'y verrait rien.

Une heure passa. Soudain, elle l'aperçut. Le bedonnant bonhomme en costume de chasse avait le fusil en bandoulière et la casquette enfoncée au ras des yeux. Elle frissonna et se pelotonna derrière les rochers.

Caronet était aux aguets. Il prit ses jumelles. Les bouquets d'arbres, les moindres broussailles, tout le large amphithéâtre qui montait de Cuges au Saint-Pilon fut exploré. Il passa quelques minutes ainsi avant de reprendre sa ronde. Il se baissa une première fois pour réamorcer un piège, puis, avançant sous l'escarpement de Pédimbert, il découvrit les deux belles prises à plumes.

Magali retint sa respiration. Le gros salaud était à

une quinzaine de mètres au-dessous d'elle. Elle le vit aller droit sur les oiseaux morts et compta ses pas. Soudain il hurla et tomba à la renverse. Il avait posé le pied juste où il fallait. Au milieu des mâchoires du piège à loup qu'elle avait dissimulé la veille.

– J'ai mal... Oh ! mon Dieu que j'ai mal... A l'aide !

– Tu peux crier, nul ne t'entendra !

Caronet releva la tête et la découvrit, dressée sur l'escarpement. L'épouvante se peignit sur son visage grimaçant de douleur. Il tenta d'écarter les mâchoires d'acier qui s'étaient refermées sur le bas de sa jambe, déchiquetant le mollet jusqu'aux os, mais les forces lui manquaient. Alors il essaya de ramper. En vain. La garce avait pensé à tout. Une chaîne reliée à un pieu de fer enfoncé dans le sol retenait les deux demi-cercles de ferraille qui le torturaient. Elle se tendit, lui arrachant un nouveau cri de douleur.

– Ma jambe ! Ma jambe, elle est foutue !

– Tu vas mourir, Caronet ! lui lança-t-elle.

– Je te crèverai avant ! hurla-t-il en se saisissant de son fusil.

Il tira, mais elle fit un bond de chèvre. Il rechargea et visa. Elle avait disparu. Il attendit. Le vent mugissait à ses oreilles. Des cailloux roulèrent. Il tira encore.

– Montre-toi, putain !

Quoi qu'il arrive, il la crèverait. On allait le sortir de là. Des coups de feu, cela s'entendait de loin. Il reçut encore quelques gravillons. L'attente se prolongeait. Des élancements remontaient le long de sa jambe, le long des nerfs, jusqu'au crâne. Il pensa à des choses terribles, à la gangrène, à la scie du chirurgien, à la putréfaction qui cheminerait dans son sang. Et il déchargea encore deux cartouches vers le ciel.

– Sois maudite !

Maudite, elle l'était depuis que son père l'avait violée avec l'aide de ce porc qui gueulait en dessous. Magali s'arc-boutait sur le levier de bois. Elle pesait de toutes ses forces sur le rocher en équilibre. Tout le haut de l'escarpement était fragile. Le vent et les pluies avaient rogné la terre au fil des siècles, mettant à nu des blocs pareils à des récifs sur la crête de Pédimbert. Il y avait parfois des éboulements. Elle allait en provoquer un.

Peut-être avait-elle vu trop gros. Elle ne parvenait pas à desceller le monolithe dont la base semblait à peine tenir sur le sol. Elle eut une pensée pour l'enfant qu'elle portait, craignant de le perdre, mais sa soif de vengeance fut la plus forte. Elle poussa un cri de bûcheron et donna tout ce qu'elle avait dans les tripes. Le levier lui parut soudain léger. Le rocher vacilla, puis s'ébranla. D'abord, il fit un demi-tour sur lui-même, allant frapper de toute sa masse d'autres blocs, puis le grondement éclata.

Caronet comprit. Il fit un bond désespéré en arrière, traînant sa chaîne. Il tenta de s'arracher à l'étreinte de fer qui lui broyait les chairs. La peur dépassait sa souffrance.

Il redressa la tête lorsque l'avalanche arriva. Dans leur course, les pierres, par tonnes, le broyèrent et l'arrachèrent au piège. Quand Magali s'avança sur le bord de l'escarpement, le corps de l'intendant gisait beaucoup plus bas, à moitié enseveli par l'éboulis. Elle n'éprouva rien. Pas le moindre contentement. Ce qu'elle voulait à présent, c'était la peau de son père.

10

Des chasseurs avaient ramené le corps de l'intendant au château. Huit heures plus tard, Roumisse, sa femme et ses deux filles accompagnés du notaire Merleux arrivèrent à Font Mauresque. Dans la propriété, ce fut le branle-bas de combat. Le maître des glaces dut subir l'assaut de ses fermiers et de ses employés. On criait au crime. On lui demandait réparation. On en appelait aux gendarmes. Sur ce dernier point, il répondit clairement :

– C'est une affaire personnelle. Laissons les gendarmes d'Aubagne traquer les déserteurs et les trafiquants d'eau-de-vie. J'ai ma propre police. Quant à la justice, nous saurons l'appliquer, n'est-il pas vrai ?

Ces paroles rassurèrent le clan. M. Roumisse allait toujours jusqu'au bout de ses actes. Sa justice serait expéditive. Il y avait assez de gouffres dans la région pour y précipiter l'assassin du pauvre Caronet.

Le pauvre Caronet n'avait pas eu droit aux fastes du château. Il reposait dans la remise à outils, allongé sur un établi, enveloppé d'une couverture mitée.

La famille Roumisse s'y rendit en cortège. A l'entrée du réduit, le maître congédia son personnel. Nul de devait entendre ce qui allait se dire. Mme Roumisse et Amélie la cadette en profitèrent pour battre retraite, afin « d'organiser la maison », dirent-elles. En fait, elles répugnaient à être en présence du cadavre.

Bien leur fit. Il n'était pas beau à voir, le Caronet. Lorsque Roumisse, Camille et le notaire pénétrèrent dans la cabane, il se passa un moment avant qu'on se décide à retirer la couverture qui masquait la dépouille. Elle faisait une bosse dans la pénombre, rappelant au trio que l'intendant appartenait à la race des goinfres. Curieuse, Camille s'approcha de l'établi. Des lueurs malsaines traversèrent son regard quand son père commanda au notaire de dévoiler le corps.

– Allons, Merleux, enlevez cette couverture. Vous avez l'habitude.

Merleux en avait l'habitude et le profil. Maigre, le teint bilieux, le visage fermé et sans lèvres, il précédait souvent les croque-morts quand l'un de ses clients décédait. Il lui arrivait même de se trouver avec le prêtre, guettant le dernier souffle d'un moribond. C'était une canaille qui, sous le couvert de sa respectable profession, prêtait de l' « argent à usure », et spéculait dans l'immobilier. Mais sa fonction première était de servir Roumisse, le vaste empire de Roumisse dont il partageait les secrets.

Merleux fit glisser le misérable linceul. Camille

eut un choc. Elle ne s'attendait pas à découvrir l'intendant à demi-nu, les membres et le visage en bouillie.

– Père! C'est affreux!

Elle se précipita contre la poitrine de Roumisse qui avait pâli. Caronet avait la caboche enfoncée. De la cervelle s'était répandue sur son front. Le ventre à nu paraissait affreusement lourd, veiné de racines bleuâtres. Mais le pire était ce piège à loup refermé sur sa jambe avec la chaîne pendant sur le côté. Il ne sentait pas. La température n'était pas remontée au-dessus de moins cinq. Il était semblable à une grosse poupée désarticulée saisie par le froid.

– On l'a salement amoché, murmura Merleux.

– Nous savons qui c'est! cria Camille. N'est-ce pas, père, que nous connaissons l'assassin?

Roumisse acquiesça silencieusement, laissant poursuivre le notaire.

– Un Giraud, avança Merleux. Je sais tout ce qui vous oppose à cette famille, mademoiselle Camille. Il y a longtemps que je travaille aux côtés de votre père et l'une de mes tâches consiste à le débarrasser de tous les parasites qui nuisent à ses affaires.

– Il ne s'agit pas de n'importe quel Giraud! riposta Camille. Père! souviens-toi. Tu m'avais promis d'en finir avec Justin.

– Crois-tu que j'ai oublié! dit Roumisse en caressant les cheveux de sa fille.

Il n'avait pas oublié. Elle le vit dans son regard terrible. Les jours de Justin étaient comptés. Elle triompha quand il ajouta :

– Faites le nécessaire, Merleux. Avant la fin de l'année, je veux que ce rustre dorme sous dix pieds de terre.

Merleux hocha la tête. Il avait son plan. Tout n'était qu'une question d'argent.

Lorsque les premiers beaux jours arrivèrent, Magali accoucha d'un beau gros garçon. Amédée embrassa des dizaines de fois sa belle-fille. Il l'embrassa pour s'excuser des neuf mois de mauvaise humeur ; il l'embrassa le jour du baptême, jetant lui-même les dragées et les sous à la marmaille du village. Il était, la coutume l'exigeait, le parrain de l'enfant. Il décida de l'appeler Julien. Julien Giraud, cela sonnait bien à l'oreille. Il l'embrassa encore le jour des relevailles quand elle se rendit à l'église Saint-Pierre vêtue d'une cotonnade blanche pour se présenter à Charles avec le cierge de la Chandeleur acheté à la Purification. Ce fut une période de fêtes, d'invitations qui mit à contribution l'oncle Antoine, grand spécialiste de la distillation d'eau-de-vie.

Étrangement, Magali ne songeait plus à se venger. L'accouchement l'avait libérée de ses cauchemars. Elle accueillit l'enfant avec bonheur, riant aux éclats quand il lui attrapait les cheveux avec ses minuscules menottes. Elle pleura de bonheur et d'émotion le soir de ses relevailles en écoutant Justin qui, face à la famille réunie, offrit le pain, le sel, deux œufs et une allumette faite d'une tige de fenouil soufrée à son *pitchoun* en disant :

« Mon Julien, que tu sois bon comme le pain, plein comme un œuf, sage comme le sel et droit comme une allumette. »

Le bébé prit du poids, s'éveillant en même temps que la terre. Magali aima ce printemps. Elle eut des désirs vagues, des envies de renouer avec sa mère dont on connaissait la détresse depuis le mariage. Victorine, cependant, refusait de la rencontrer. Juin arriva et ce besoin d'épanouissement éclata le 23, veille de la Saint-Jean-Baptiste et de la plus grande fête de l'année à Signes.

Ils se retrouvèrent tous chez Antoine. Frères, cousins, neveux, logeant dans la vaste maison de trois étages du coiffeur. Magali avait acheté de la dentelle tuyautée, un fichu de soie, une casaque de satin rouge, une jupe noire rehaussée de fleurs colorées. Elle voulait être la plus belle. Elle se devait d'honorer Justin, enrôlé par Panétaux pour la bravade.

Un vent de folie soufflait sur Signes. Des étrangers venus de Toulon, de Marseille et des communes proches avaient envahi le village. L'hôtel de la veuve Bouffier fut pris d'assaut par les bourgeois, la mairie réquisitionna des chambres, les gros propriétaires ouvrirent leurs bastides moyennant finances. Arrivèrent aussi les colporteurs, les gitans, tout un convoi d'amuseurs de foire qu'on dut parquer dans les champs ou entasser dans les remises.

Tout ce monde vivait au rythme des fifres et des tambours menés magistralement par Gravat et les frères Hermitte. Le 23 au soir, les musiciens firent le tour du pays pour donner la sérénade aux autorités.

On les entendait venir de loin. Amédée en eut la gorge nouée. Ça lui rappelait d'autres musiques, à Sedan. Lorsqu'ils se mirent à jouer face au salon de coiffure, les vitres tremblèrent, les chiens d'Antoine aboyèrent et le bébé pleura.

– Ce n'est rien, mon Julien, dit Magali en le berçant entre ses bras.

Mais il brailla de plus belle. Alors on se le passa de main en main, chacun essayant de le calmer à sa manière. Il cessa ses cris lorsque Antoine le gronda. Puis toute la famille suivit l'orchestre itinérant quand ce dernier s'en alla donner une autre sérénade. A un moment, on ne put ni avancer ni reculer. La foule s'échauffait. Il y eut des cris et des jurons qui n'étaient pas du goût de certains.

Merleux étaient de ceux-là. Il s'était enfermé dans sa chambre avec l'espoir de ne pas être dérangé. Ce fut peine perdue. La nuit avait été agitée. L'hôtel de la veuve Bouffier avait été envahi par toute une jeunesse de Toulon, des femmes de petite vertu dont les ébats et les beuveries se prolongèrent jusqu'à l'aube. A présent, il y avait cette ripaille au-dehors. Il détestait ces débordements. Pour lui, la liesse était un gaspillage. Elle bouleversait l'ordre établi.

Par curiosité, il s'approcha de la fenêtre, jeta un œil à travers les carreaux.

– En voilà une mascarade, marmonna-t-il.

Sous l'hôtel, les fifres s'époumonaient à souffler dans leurs instruments, les tambours frappaient à coups redoublés, les badauds s'égosillaient gaiement. Le notaire de Roumisse scruta chaque visage, les trouvant brutaux.

– De la canaille révolutionnaire, ajouta-t-il entre ses dents.

Puis sa bouche s'ouvrit comme pour se délecter d'une heureuse découverte. Tous les Giraud se tenaient à quelques pas des musiciens. Il les connaissait. Pas tous. Mais au moins trois du clan : Justin dont il s'était approché sur le marché du Cours Lafayette, à Toulon, Antoine, par une photo achetée cher, et Magali, si bien décrite par le pauvre Caronet avant sa mort qu'on ne pouvait se tromper en la voyant. Il ne put s'empêcher d'admettre que c'était une belle diablesse, mais les femmes ne le préoccupaient guère, il préférait – et de loin ! – caresser des louis d'or.

Il fixa son regard sur Justin. En voilà un qui allait lui rapporter gros. Cette pensée lui arracha un fin sourire. Il s'éloigna de la fenêtre. Sa chambre n'était pas très vaste. Une armoire, un lit de fer, un secrétaire, deux lampes à pétrole et une gravure reproduisant un paysage alpin la meublaient. Ce goût paysan ne lui seyait guère, mais il n'était pas à Signes pour son confort. Il ouvrit le secrétaire. Dans l'une des cases se trouvait une bourse. Il la prit et en délia le lacet de cuir. Elle contenait dix pièces de quarante francs-or qu'il fit tinter. Elles sonnèrent lugubrement. C'était le glas de l'existence de Justin Giraud.

Merleux pensa à l'homme à qui il avait déjà versé une partie de la somme convenue pour le forfait. On l'avait fait venir de Nice. Le coup fait, il repartirait en direction de la frontière italienne. Il pouvait lui faire confiance. Ce n'était pas la première fois qu'il l'employait.

Toute la journée se passa dans le piétinement et la poussière à suivre la clique musicale. Quand ils le purent, les Giraud se frayèrent un chemin jusqu'au Café de France.

Le cabaretier Olive courait entre les tables dressées pour l'occasion sur la place du Marché. Antoine, grand seigneur, commanda vin, absinthe et limonade, puis comme l'orchestre juché sur une estrade entamait l'air de la *Fricassée*, femmes et hommes se mirent à danser, Magali confia Julien à Henriette, prit la main de Justin et le conduisit au centre de la place.

Amédée en fut tout retourné. C'était la première fois qu'il voyait son fils et sa belle-fille danser rituellement. Des souvenirs heureux remontèrent à sa mémoire, des images d'un Amédée valide entrant dans la folle sarabande des couples portés par la musique. Il aurait vendu à l'instant son âme au diable pour effectuer quelques pas au bras de la belle Magali qui attirait les regards.

La *Fricassée* représentait la lutte entre l'été et l'hiver. Elle commençait par une polka. Les robes s'envolèrent, les fichus se dénouèrent. Magali et Justin tournèrent sur l'air piqué et trépidant avant de changer de position. Ces deux-là souriaient, haletants. C'était toute leur jeunesse qui mimait le renouveau de la vie. Ils frappèrent des deux mains sur les cuisses, puis l'une contre l'autre avant de se les frapper mutuellement. Quarante couples les imitèrent, et ces claquements répétés étaient comme des coups de fusil lâchés sur la place. Les danseurs se donnaient à fond, libérant toute leur énergie, ils formèrent un cercle et partirent en sautant dans le sens des aiguilles d'une montre.

A chaque tour, Amédée applaudissait son couple favori, Antoine levait son verre, mais ils n'étaient pas les seuls à suivre du regard Magali et Justin. Sous l'arche de la tour de l'horloge qui dominait la place, un homme les jaugeait de ses yeux morts. Il portait des vêtements râpés de voyageur et ressemblait à cent autres badauds venus des bourgs avoisinants. On ne le remarquait pas. Il recevait les coups de coude de ses voisins sans maugréer. Il se déplaçait au gré de ce courant qui le pressait de toutes parts, le visage impassible, insignifiant.

Les danseurs se prirent le menton en frappant du pied droit deux fois la terre et les yeux morts de l'inconnu se fixèrent définitivement sur le visage de Justin. Il s'imprégna des traits du Signois, semblant partager le bonheur de ce dernier qui, à présent, se saisissait de l'oreille gauche de Magali. Il eut soudain l'étrange sensation d'être à son tour observé. Il était comme un animal, il en avait l'instinct. Pendant quelques secondes, il eut des sueurs froides, puis il découvrit celui qui le contemplait : le notaire Merleux. Il y eut entre eux des signes imperceptibles de connivence. Merleux hocha du menton en dardant ses yeux de fouine sur le couple, l'inconnu cligna des paupières en reprenant son observation. Sa proie, il la dévorait déjà. Demain, pour l'or du notaire, il la mettrait à mort.

Il y avait eu les danses, le feu de la Saint-Jean et encore des danses, puis les festivités reprirent le 24 juin. Entre deux manifestations, les Giraud s'étaient repliés chez Antoine, reprenant leurs forces comme après une bataille.

Les cousines reprisaient leurs robes mises à mal pendant les bals, les femmes se relayaient à la cuisine, les hommes préparaient fusils et cartouches. Henriette s'occupait de la tenue de bravadier de Justin, Magali donnait le sein à Julien.

– *Siou escouélé* [1], avoua-t-elle au moment où le bébé rassasié cessa de tirer goulûment son lait.

– Le contraire m'eût étonnée, répliqua Henriette, ça ne se fait pas de remuer comme ça après un accouchement. C'est de ta faute, ajouta-t-elle en invectivant Justin. Et ne bouge pas! sinon, nous n'en finirons jamais avec ton costume.

Justin réprima un rire. Sa mère le grondait comme quand il avait dix ans, lors de sa première communion. Elle tournait autour de lui, ajustait la longue veste noire sur ses hanches, tirait sur les plis de sa chemise, frottait la boucle de cuivre du ceinturon, traquait les poils sur le pantalon d'un blanc immaculé. Un bravadier devait ressembler à un chevalier. Au bout d'un moment, elle sembla satisfaite. Alors elle agrafa l'œillet au revers de la veste et posa le gibus à plumet sur la tête de son fils.

– Mon Dieu, qu'il est beau ! s'écria-t-elle. Hein, n'est-ce pas qu'il est beau?

Il y eut des sifflements, on l'entoura, on le félicita. Il porterait haut l'honneur des Giraud.

– Tu ne boiras pas trop... Promets-le-moi, demanda Magali en l'admirant.

1. Je suis épuisée.

– Dois-je te le jurer ? répondit-il en prenant un air navré.

– Surtout pas.

L'ivresse des bravadiers, c'était la hantise des Signoises. La coutume voulait que ces cavaliers trinquent devant chaque pas de porte. Et il n'était pas rare de les voir titubant dans les rues du village, se livrer à toutes sortes de sottises. En cinq siècles, la bravade avait connu des épisodes sanglants, mais la plupart du temps les bravadiers savaient se tenir. Même l'estomac rempli de gnole, ils respectaient la tradition et l'honneur de leurs noms.

– Viens ici que je te voie ! appela Amédée, du rez-de-chaussée.

Justin descendit. Son père avait été installé sur l'un des fauteuils du salon de coiffure. A ses côtés se tenaient Antoine et deux autres oncles plus âgés.

Amédée ne s'extasia pas. Il examina son fils d'un œil sévère.

– Te voilà soldat signois ! finit-il par dire. Tiens, on l'a nettoyé, ajouta-t-il en montrant le fusil de chasse posé sur le marbre des cuvettes.

Justin prit le fusil. Antoine lui tendit la cartouchière, elle était bourrée de cartouches à blanc. Dangereuses cependant. On les remplissait à ras bord de poudre noire. Quand le bravadier tirait, le souffle de la détonation pouvait traverser un drap à deux mètres de distance.

– Ça, c'est pour les Boches qu'on a vaincus en 1707, dit l'un des oncles.

Amédée lui lança un regard noir. Qu'avait-il donc à parler ainsi, ce vieux babouin ? Voulait-il insinuer que certains ne les avaient pas arrêtés à Sedan, ces cochons de Teutons? On savait à quoi elles servaient, ces cartouches. Les tirs dans le village rappelleraient que les Signois avaient écrasé les Autrichiens du duc de Savoie dans la plaine, en tuant plus de cinq cents.

– Et pour nos récoltes! ajouta Antoine qui voulait éviter la dispute.

L'atmosphère se détendit. Chacun pensa au sens profond de la bravade. Au combat des forces du mal et du bien qu'allaient mimer les acteurs dès le lendemain, face à l'église.

– Les chevaux, dit soudain Justin.

Tous dressèrent l'oreille. Les chevaux battaient le pavé de leurs fers. Antoine ouvrit la porte vitrée du salon de coiffure, puis souleva Amédée entre ses bras. Le père de Justin ne pesait pas lourd; il l'emmena sur un banc de pierre dressé contre la maison. Il y avait des chevaux de toutes races, des percherons puissants, larges de croupe et de col, des alezans nerveux aux muscles saillants sous le cuir, et même un yearling prêté par le comte d'Espinassy.

– C'est le tien, dit Antoine.

Le jeune pur-sang piaffait. Un valet du comte le tenait fermement par la bride. Il le présenta à Justin.

– On vous l'a préparé, dit-il.

La bête était magnifique. Le poil avait été lustré. La queue tressée. Des rubans de satin rouge pendaient de part et d'autre de la longue crinière souple et cuivrée. Un drap brodé aux armes de Signes recouvrait le dos et les flancs. La selle était une œuvre d'art damasquinée et rehaussée d'or.

Justin s'empara de la bride et parla tout bas au cheval avant de lui souffler dans les naseaux. L'odeur et les paroles de l'homme plurent au yearling qui se calma. Il permit à l'homme de le monter, et Justin se retrouva sur le dos de l'animal, fier et brave comme ses ancêtres signois attendant les Autrichiens.

Des rues avoisinantes, les bravadiers arrivaient. Panétaux apparut avec le porte-enseigne brandissant l'étendard de saint Éloi. Le facteur remplissait son rôle de capitaine avec sérieux ; il contrôla sa troupe, compta ses hommes. Vingt-quatre, douze célibataires et douze hommes mariés.

Les chevaux frémirent. La clique de Gravat-Hermitte descendait la rue Marseillaise. Le son aigrelet des fifres et les roulements de tambours annonçaient le début de la tempête. Sur un signe de leur capitaine, les bravadiers tirèrent leur première salve. Ce fut comme un coup de tonnerre qui ébranla les maisons. Des chiens aboyèrent, des gosses pleurèrent ; un pot de fleurs touché par le souffle de la détonation se brisa ; un alezan fit une incartade et il fallut s'y mettre à trois pour le retenir.

Ce coup, Justin l'avait tiré en l'honneur des glaciers. Pour Viguière. Pour la guerre qu'ils allaient mener contre Roumisse qui venait de licencier tous ses employés travaillant aux glacières.

– En route pour l'église ! commanda le capitaine.

Les fusils étaient brûlants. Cela faisait des heures qu'ils déchargeaient leurs cartouches en direction d'ennemis invisibles. Devant l'église, après avoir été bénis par Charles, ils avaient tenté d'éteindre le feu allumé par les prieurs. Ce rituel du feu se répétait depuis des siècles, depuis l'invention des mousquets. Les bravadiers essayaient de le tuer par le souffle de leurs tirs. Ils s'y mettaient tous ensemble, cernant le brasier, appuyant sur les détentes au commandement du capitaine. Et malheur sur le village s'ils parvenaient à l'étouffer. Malheur sur les récoltes. Malheur sur les troupeaux. L'effarement transformait les visages quand les flammes périssaient.

Mais cette fois encore, le feu avait résisté. Les prieurs s'étaient démenés, jetant des fascines de bois sec et du pétrole à l'instant critique. A présent, les soldats de Signes usaient leurs munitions pour le plaisir. La grande tournée des cafés avait commencé. Devant chaque pas de porte, on offrait le vin aux bravadiers.

– Bois, mon garçon! Bois en l'honneur de saint Éloi!

Cela faisait dix ou douze fois que Justin levait le coude à la santé du saint. L'alcool et l'odeur de la poudre lui tournaient la tête. Il trinqua. Panétaux choqua son verre au sien. Le facteur n'était pas beau à voir. La face rougie par la chaleur et l'ivresse, le gibus de travers, il était bien le digne chef d'une troupe de paillards. Il tenta de faire boire de l'anisette à son gros cheval de trait. Comme l'animal refusait, il lui donna un coup de poing, puis versa l'apéritif sur les naseaux.

Cela fit rire l'assemblée. Il y avait foule autour des bravadiers éméchés. Des enfants surtout qui, nombreux, les suivaient pas à pas, ramassant les cartouches, jubilant de les voir si sots.

– On n'agit pas ainsi avec un cheval ! intervint Justin en repoussant le capitaine.

Il y eut un moment de tension extrême. Le facteur prit son fusil et le dirigea sur la poitrine du glacier, puis rompant brusquement son geste, il détourna l'arme et tira dans les carreaux d'une fenêtre. Le verre éclata. Le propriétaire entra dans une rage folle, chassa les fêtards en les traitant de « *raspaou d'ibrougno !* [1] » et de bien d'autres mots interdits qui ravirent les enfants.

– T'es plus avec nous ! hurla Panétaux à Justin.

Justin n'avait pas l'intention de rester. Comment pouvait-on mépriser les bêtes qui donnaient tant aux hommes ? Il adorait les chevaux ; il pensa aux siens qui tiraient le chariot à glace avec courage et flatta le yearling avant de grimper en selle. Le pur-sang s'agita ; il se laissait de moins en moins mener. A chaque détonation, il jetait sa tête sur le côté et refusait d'aller plus avant au cœur du village.

– On rentre chez nous, n'aie pas peur, lui dit Justin.

Et le cheval, rassuré, continua sur ses pattes tremblantes, sentant grandir un nouveau danger.

Dans sa chambre d'hôtel, Merleux se préparait à sortir. Toute la journée, il avait attendu ce moment allongé sur le lit, les bras croisés derrière la tête. Depuis des heures, il échafaudait des plans de conquête. Il ne se contentait plus des miettes de l'empire Roumisse ; il rêvait de combines énormes avec les banques, l'administration et les entrepre-

1. Ramassis d'ivrognes !

neurs, condamnant des quartiers entiers de Marseille et de Toulon à la démolition. Ces dernières années, il avait aidé Roumisse à acheter les membres des jurys d'expropriation quand les enquêtes d'utilité publique s'achevaient. Le maître construisait des usines, lui, le notaire, élèverait des cités ouvrières.

Quand il noua sa cravate, un sourire pinça finement ses lèvres ; le miroir de l'armoire lui renvoyait l'image d'un Merleux puissant, futur possesseur de mille immeubles. Il s'empara de la bourse, ferma soigneusement la porte de sa chambre, salua la veuve Bouffier qui surveillait les mouvements des bravadiers, puis se mêla à la racaille. Il sortit de Signes en longeant le Raby, et se dirigea vers le cimetière. C'était là qu'il devait remettre la bourse, après le coup. Le destin le rapprochait de celui de Roumisse.

L'homme de Nice avait eu maintes fois l'occasion de descendre Justin, maintes fois il tint le bravadier dans la ligne de mire de son fusil. Une balle en plein cœur et on ne parlerait plus des exploits du plus turbulent des Giraud. S'il avait tant attendu, c'était que les consignes du notaire étaient strictes : « Tu tueras le cochon au crépuscule, quand le vin aura fait son effet sur les esprits, puis tu me rejoindras derrière le cimetière. »

Il avait du bon sens, ce notaire. Ces soûlards allaient paniquer. Il contempla la rue Saint-Jean à travers les volets à peine entrouverts. Les deux courants de la foule se heurtaient, se mélangeaient. Un marchand de beignets et de pommes au sucre rameutait à lui les gourmands. Sa carriole vitrée était un écueil en plein milieu de la rue. Elle ralentissait le mouvement de la foule, au sein de laquelle se tenait parfois un bravadier sur son cheval. Pas un de ces rustauds ne l'avait repéré. Il faut dire qu'il était dans une maison qui n'attirait pas le regard. Elle était abandonnée et maudite. Merleux lui avait expliqué qu'elle appartenait autrefois à un évêque assassiné par les Signois.

L'homme eut un petit ricanement de cynisme. Il était peut-être dans la pièce où le prélat avait rendu l'âme mais il ne croyait pas aux fantômes. Il gardait la tête froide. Le coup fait, il s'enfuirait par l'arrière de la maison qui donnait sur des potagers.

Un dernier rayon de soleil fit flamber la cloche de la tour de l'horloge dont il apercevait le campanile au-dessus des toits, puis l'ombre gagna peu à peu la campagne environnante.

Alors qu'il commençait à s'inquiéter, le bravadier apparut, venant de la rue Bourgade. Il le reconnut à son cheval ; une bien belle bête pour un paysan costumé. Cette fois était la bonne. Il prit le fusil de guerre et mit sa victime en joue.

Justin avait hâte de retrouver les siens. Pour lui, la fête était finie. Après sa dispute avec Panétaux, il avait plongé sa tête dans l'eau fraîche du lavoir de Cabanenette. Maintenant, complètement dégrisé, les soucis l'assaillaient. Il ne parvenait plus à chasser les glacières de son esprit, les propos pessimistes de Viguière. La vente allait reprendre dans quelques jours. Ce serait la glace des montagnes contre la glace industrielle.

Soudain son cheval se cabra sans raison. Cette saute d'humeur se produisit une fraction de seconde avant le coup de feu. Derrière Justin, une femme hurla, sa poitrine était rouge de sang.

Tout se précipita. A la détonation, Justin reconnut une arme de guerre. Ça provenait de la maison de l'évêque. Il repéra les volets entrouverts, l'extrémité luisante d'un canon dirigé vers lui.

– Nom de Dieu! C'est à moi qu'il en veut.

Il se coucha sur l'encolure du yearling quand le second coup partit. La balle siffla à ses oreilles et s'écrasa sur les pavés. Dans la bousculade, les gens cherchaient des abris. Les uns se jetaient derrière la fontaine, les autres se ruaient dans la chapelle Saint-Jean. Il y avait une telle cohue, que la panique gagna le village tout entier.

Justin se redressa. Entre les volets, au premier étage, le canon avait disparu. Son cheval se cabra, refusa de se rapprocher de la maison maudite. Il le força à avancer à coups de talons. Quand il fut sous la fenêtre, il se mit debout sur la selle pour saisir le rebord de ses mains. Le fusil à l'épaule le gênait, mais il put se rétablir sur l'étroite corniche après avoir repoussé les volets.

L'assassin s'était volatilisé. A l'intérieur, de vieux meubles pourrissaient sur leurs pieds, un matelas au ventre crevé vomissait sa paille. Ce fut à ce moment, au milieu de cette atmosphère angoissante, que la peur noua ses tripes. Justin réalisa que son arme, qu'il venait de pointer dans toutes les directions, était chargée à blanc.

Une porte lui faisait face, il laissa battre au moins vingt fois son cœur avant de l'ouvrir. Elle grinça sur ses gonds, lui dévoilant un palier et l'escalier sombre par où s'était enfui le rufian. Il mit beaucoup de temps pour descendre les marches branlantes. La maison semblait animée d'une vie secrète ; il se souvint d'une histoire de revenant qu'on lui racontait quand il était gosse, de l'évêque qui hantait encore les lieux, montrant ses plaies aux téméraires qui pénétraient ici.

L'esprit confus, il parvint au rez-de-chaussée, il laissa encore s'écouler quelques secondes avant de visiter une autre pièce.

– L'ordure ! s'écria-t-il en découvrant la porte grande ouverte sur les potagers.

Il aurait dû s'en douter. Le pourri était parti par là. Il courut vers le seuil, aperçut l'homme, à plus d'une centaine de mètres, qui franchissait une haie le séparant du Raby. Alors, il revint sur ses pas, remonta dans la chambre, grimpa sur le rebord de la fenêtre et sauta sur son yearling.

– Tu l'as vu, ce salaud ? lui demanda un homme en arme.

Il ne lui répondit pas. C'était son affaire ; il allait régler seul le compte à ce bandit après l'avoir fait parler.

– N'y va pas seul ! cria l'homme qui avait compris les intentions de Justin en le voyant partir au galop.

Il avait manqué sa cible. Tout était raté. Même sa fuite. Quand il regarda par-dessus son épaule, l'homme de Nice vit le bravadier au loin, débouler à cheval le long de la rivière. Une bande armée suivait le cavalier. Malgré la distance, il entendait leurs cris vengeurs. Il se repéra par rapport au clocher de l'église Saint-Pierre, il était descendu trop bas en aval. A présent, il devait traverser un champ de blés verts pour se rendre au cimetière.

Il pensait à l'or de Merleux. Cet argent, il le méritait. Il mentirait, il dirait avoir tué le Signois afin d'empocher son dû. Le Marseillais avait intérêt à le payer! Sinon... Il serra son poing autour du fusil qu'il emportait, imaginant le trou que ferait la balle dans la tête du notaire. Puis les cris le rattrapèrent.

Comment se débarrasser de ces paysans qui juraient tout haut de le dépecer vivant? Il était hors de question de drainer cette horde de rats jusqu'au cimetière. Il se mit à courir plus vite, traçant un sillon au milieu des blés. Essoufflé, il parvint au bord d'un autre ruisseau – le Latay – dont le lit était à sec. Sur la rive opposée, un bois de chênes et un enchevêtrement de ronces venaient mourir entre les monceaux de pierres accumulés par les pluies torrentielles et les crues dévastatrices du Latay. Il s'y jeta, déchira ses vêtements sur les épines et s'enfonça dans le bois.

Au bout d'un moment, il retrouva son sourire mauvais. La horde était toujours à ses trousses, mais le cavalier avait renoncé. A travers les frondaisons, il le vit, raide sur son cheval, contempler l'impénétrable barrière de ronces.

A présent, comme ses poursuivants n'avaient pas de chien, il allait facilement les distancer. Il longea l'orée du bois. Il les entendit qui s'éloignaient. Il perçut de plus en plus faiblement leurs glapissements, leurs appels, le bruit des branches cassées, puis ce fut le silence. Alors il se décida à rejoindre Merleux.

« C'est fait », s'était dit Merleux en entendant les vociférations des villageois. Les Signois traquaient son homme. D'une certaine manière, il en fut soulagé. Dans le même temps, un frisson de terreur parcourut son corps. Et s'ils le faisaient prisonnier ? Merleux imagina le pire : le Niçois vidant son sac, dévoilant le nom du commanditaire. C'était idiot, mais il pensa au bruit de la guillotine, à sa propre tête roulant dans le panier. Il y avait toutes ces tombes autour de lui avec leurs croix de fer rouillées et tordues. Il ne put s'empêcher de songer à son nom gravé sur un tombeau. Il ne parvint pas à prendre la décision de filer et souffrit ainsi jusqu'à ce qu'un léger sifflement se fasse entendre.

Dieux ! murmura-t-il en reconnaissant le signal de son homme. Tout de même ! Il lui aura fallu du temps pour semer les bouseux. Le Niçois était à l'autre bout du cimetière. Merleux s'apprêtait à grimper sur une tombe pour lui faire un signe du bras lorsque le cavalier surgit soudain.

Le notaire recula en reconnaissant Justin.

Au bord de la rivière, face à l'inextricable végétation qui couvrait des lieues, Justin avait renoncé à la poursuite du criminel. Il savait bien que, sans les chiens, on n'avait aucune chance de le retrouver. L'homme allait se perdre dans la forêt qui s'étendait presque jusqu'à Toulon.

Pour oublier son dépit, il se mit à parler au yearling, lui confiant des secrets.

– Tu sais, mon beau, je sais de qui vient le coup. Il y en a un, là-haut, au château de Font Mauresque, qui voudrait bien me savoir sous terre, dévoré par les vers. C'est le Roumisse... Allez, va, tu es une brave bête, on a fait notre possible tous les deux.

Le pur-sang l'écoutait, docile, semblant même comprendre son désarroi. Justin songeait à Roumisse, à Camille. Jamais ces deux-là n'abandonneraient la partie.

Il allait reprendre le chemin du village quand le cheval fit un écart, refusant d'obéir. Il le vit dresser la tête, écarter les naseaux, pointer les oreilles. Tout, dans le comportement de l'animal, indiquait qu'il y avait danger. Justin comprit pourquoi sa monture était fébrile quand il aperçut, à plus de trois cents mètres, courbée au fond du lit asséché du Latay, la silhouette fugitive du salopard qui lui avait tiré dessus.

Cette fois, il n'allait pas le laisser s'enfuir. Il encouragea son cheval à le suivre.

Le bonhomme pénétra dans le cimetière. Justin craignit de le perdre à nouveau. Alors il éperonna les flancs du coursier, qui fila comme un trait vers le mur de la nécropole. C'était un vieux mur tout écrêté, mais aux yeux de Justin, il parut gigantesque. En criant de toutes ses forces, il commanda au yearling de sauter l'obstacle. L'animal s'éleva, ses sabots firent voler les pierres. Tout un pan de mur s'écroula.

Au milieu de l'allée centrale, le Niçois demeura saisi par cette apparition. Il oublia Merleux qui se terrait et fit glisser la bretelle de son fusil.

Ne faisant qu'un avec son compagnon, Justin bondissait par-dessus les tombes. Autour d'eux, la poussière et les gravillons volaient, les pots de fleurs se brisaient, une dalle se fendit sous le choc des sabots. Le sang bourdonnait à ses oreilles, voilant toutes ses sensations et le claquement sec de la détonation à l'instant où l'homme fit feu. Il entendit miauler la balle.

Une tombe le séparait encore de l'ennemi qui rechargeait son arme. Elle fut franchie avant que ce dernier puisse épauler. Le cheval le renversa, mais l'homme était solide. Il se redressa, titubant, tenant toujours l'arme entre ses mains.

Sans même prendre le temps d'arrêter sa monture, Justin sauta à terre et se rua en direction de l'adversaire. Dans sa course, il se saisit de son fusil de chasse et le pointa en avant.

– T'as aucune chance ! ricana l'autre.

Le Niçois se délectait. L'arme du bravadier était chargée à blanc. Deux pas les séparaient. Les canons se frôlaient. Glacé, plein de haine, Justin se jeta en avant et tira à bout portant dans cette face de crapule.

La triple dose de poudre noire des cartouches explosa. Avec une force inouïe, le souffle brûlant frappa le visage de l'homme, le réduisant en bouillie.

Justin le regarda s'affaisser tandis que l'écho de la détonation emplissait sa tête. Il ne vit pas Merleux s'éclipser.

Merleux tremblait. Roumisse ne lui pardonnerait rien. Avant de quitter le cimetière, il eut un dernier regard pour Justin. Le paysan contemplait le cadavre. Aux yeux du notaire, il était le vainqueur, à jamais, même s'il devait crever bientôt d'une manière ou d'une autre.

11

Magali écouta le bruit des chariots à glace, consciente de son désir de les suivre jusqu'à Toulon. Elle serra Julien très fort contre sa poitrine.

– Tu vois, papa s'en va livrer sa glace à la ville.

Le bébé ouvrit grand les yeux, étonné de voir la lune accrochée à ce ciel noir, puis il bâilla et se rendormit.

– Suis-je sotte de t'avoir emmené ici en pleine nuit.

Elle se sentait effectivement sotte, fatiguée, impuissante. Depuis le dramatique épisode de la Saint-Jean, elle ne dormait presque plus. Elle y repensait sans cesse jusqu'au malaise. Ce n'était pas l'acte d'un fou comme on le supposait. L'homme avait bien essayé d'abattre Justin. Qui était-il ? A cette question, les gendarmes n'avaient pas apporté de réponse. Il ne portait pas de papiers ; son visage méconnaissable n'avait pas permis de l'identifier.

« Un *foulandre!* un *gigeou!*[1] », s'était exclamé le maire en réunion au conseil municipal.

Et on s'en tint là, oubliant que ce soi-disant aliéné avait de l'or sur lui, qu'il possédait un fusil de guerre et assez de jugeote ou de complices pour pénétrer sans effraction dans la maison de l'évêque.

Magali soupira. Elle rejetait la thèse officielle. Elle connaissait le bras qui avait armé l'inconnu. Elle se tourna vers le midi, repérant la falaise du Pas de l'Âne qu'un rayon de lune éclairait. Non loin de là, le responsable dormait dans son château.

Le Roumisse... Son père. Toutes les saletés qu'il lui avait faites affluèrent à son cerveau. Après la mort de Caronet et la naissance de Julien, elle croyait les avoir chassées à jamais. Elle eut la sensation d'une brûlure entre ses jambes. Son père la déchirait encore. Elle revoyait son visage déformé par la sauvagerie du viol.

C'était un monstre. Et il voulait tuer Justin! L'inquiétude se fit plus forte. La route était longue de Signes à Toulon, semée d'embûches; elle se resserrait dans les gorges d'Ollioules où de nombreux voyageurs avaient péri autrefois sous le couteau des brigands. Elle imagina des hommes cagoulés attendant les glaciers dans le défilé rocheux.

Il fallait en finir avec Roumisse. Mais qui donc allait l'aider dans cette terrible tâche? Antoine peut-être? Elle abandonna aussitôt l'idée d'associer le coiffeur à sa folie. L'oncle Giraud parlait haut et fort, mais c'était un tendre, un batailleur en paroles.

1. Un fou, un gaga.

Il n'y avait personne à qui elle pouvait se confier. Personne... sauf.

– Je sais qui va nous aider! s'exclama-t-elle soudain. Je le sais, *pitchoun*!

Le *pitchoun* sur son sein ouvrit une fois de plus les yeux, montrant toujours le même étonnement face à cette lune dont le croissant mordait à présent la Sainte-Baume. Puis il se rendormit aussitôt dans le balancement des bras qui l'emportaient sur le chemin de Signes.

Victorine étouffait. Elle alla près de l'âtre, remua les cendres froides avec le tisonnier, à la recherche d'un signe du destin. Il y avait longtemps qu'elle n'arrivait plus à interpréter les signes. Ses pouvoirs étaient bien morts. L'avenir était mort; elle se fiait désormais à la science d'Agathe, mais cette dernière n'avait jamais été une bonne tireuse de cartes.

Trois heures sonnèrent à une antique pendule qu'on lui avait offerte « pour services rendus ». Victorine eut une brusque envie de réveiller Agathe, de lui demander de lire les lignes de sa main, ou d'étaler les lames d'un tarot, ou de jeter les runes sur une peau de sanglier, ou de...

A quoi bon? Savoir quoi! Elle n'espérait plus rien. Elle avait même hâte d'en finir avec cette vie de mauvaise prêtresse et de se retrouver avec Marthe en enfer.

Tout était de sa faute. Elle avait perdu le goût des choses de ce monde dans le dernier frisson des cloches de l'église Saint-Pierre, le jour des noces de sa fille.

Elle regrettait ses paroles ; elle avait fait inutilement souffrir sa petite, sa Magali. Elle aurait voulu la couvrir de baisers, elle et son enfant. Mais il était trop tard. Elle ne connaîtrait jamais les joies d'être une grand-mère. Un gros chagrin monta en elle en pensant à toutes ces femmes aux cheveux blancs, heureuses de gâter les enfants et de les promener le soir dans les rues du village. Elle soupçonnait des plaisirs immenses et n'y gagnait que des pleurs.

Une larme roula sur sa joue.

Peut-être avait-elle mal fait ? Depuis qu'elle était sortie de Signes et qu'elle marchait en direction de cette autre Signes qu'on surnommait « la Noire », Magali avait des doutes.

Elle craignait la réaction de sa mère. Dieu seul savait de quoi Victorine était capable. Elle serra un peu plus Julien contre elle. Il dormait à poings fermés. Seule la déraison la poussait en avant, vers la ligne sombre des grands arbres du marécage qu'elle distinguait à peine sous le ciel étoilé.

Depuis vingt-quatre heures, elle ne maîtrisait plus ses sentiments. Justin en portait la responsabilité, elle l'avait imploré de ne plus livrer en ville, puisque lui-même admettait qu'avec la fabrication de la glace industrielle de l'usine Roumisse, la concurrence allait être rude, mais il s'était entêté, clamant haut et fort son désir de défendre leur métier. Il était parti à Toulon, mais il n'avait pu l'empêcher d'être là avec Julien quand il prit la tête du convoi de glace. Après son départ, elle aurait dû rentrer immédiatement à la Salomone qu'elle avait quittée en prenant la précaution de ne pas réveiller Amédée et Henriette.

Qu'allaient-ils penser en découvrant à l'aube sa chambre vide ? A la Bastide Blanche, ce serait l'affolement, la détresse... Le remords lui tenaillait la gorge, mais elle avançait quand même.

Son cœur battit plus vite. Tout au bout du ruban pâle de la route, la maison de son enfance découpait son toit sur l'horizon sombre. Elle dépassa la source gargouillante du Gapeau où toutes les lavandières se retrouvaient pendant la journée. Les grands arbres cachèrent les constellations, elle reconnut les troncs sur lesquels Marthe avait gravé ses signes cabalistiques. Ses pieds retrouvèrent le sentier qu'empruntaient les gens en mal d'amour ou de santé. La maison massive se dressa soudain, toute noire, flanquée de ses chênes gardiens, avec ses odeurs de lierre et de poulailler. Et, lorsque ses yeux se furent accoutumés à l'obscurité de l'endroit, elle aperçut sa mère en robe noire, figée sur le seuil de l'entrée.

Victorine tremblait. Son don de double vue lui était revenu alors qu'elle désespérait de se sentir vide et sans âme. Cela avait été bref. Elle avait « vu » la femme sur la route de Signes, elle avait senti la présence de l'enfant et le lien de chair qui les unissait tous les trois. Ce fut si net qu'elle cria le nom de Magali en se précipitant au-dehors. L'émotion était si forte qu'elle ne put s'avancer sur la terrasse. Elle attendit le miracle, offrant son cœur aux ténèbres vides.

Magali balbutiait des « maman ». Celle à qui elle se raccrochait sans cesse lorsqu'elle était enfant, qui l'aidait à supporter la méchanceté populaire, sa mère unique et forte tendait ses bras tremblants.

– Ma petite...

Victorine pleurait. Des larmes retenues pendant des années cherchaient leur chemin sur ce beau visage émacié par les terribles imprécations répétées des millions de fois. Les sanglots brisèrent sa voix quand sa fille vint contre elle. Elle la baisa partout, puis elle se pencha sur l'enfant, n'osant le toucher tant il lui paraissait sacré.

– Prends-le... maman, c'est ton petit-fils.

Elle n'arrivait pas à réaliser que ce petit ange aux paupières closes était un peu le sien. Elle le contempla longuement, leva les yeux sur sa fille qui pleurait de joie en silence, puis se décida à tendre les mains vers Julien.

Ce fut comme si Victorine changeait de peau, comme si toutes ces années passées à invoquer le diable et à se nourrir du malheur d'autrui s'anéantissaient au contact de cet être fragile et pur. Elle l'emporta dans la vaste maison en jetant des regards suspicieux autour d'elle. Trop de mauvaises ondes traversaient les recoins sombres des pièces. Elle renversa du pied une statuette africaine aux traits grossiers, gronda des menaces contre les esprits malfaisants qu'elle croyait sentir et se rendit dans la cuisine, seul lieu où elle savait le bébé en sécurité. Là, à la lumière dorée d'une lampe à pétrole, elle s'extasia de le voir si beau, si plein du lait de Magali. Et quand il ouvrit les paupières et qu'elle vit ses yeux noirs, ourlés de longs cils, les larmes jaillirent à nouveau.

Magali enlaça sa mère, lui parla doucement comme jamais elle ne l'avait fait auparavant. C'était elle à présent qui protégeait une Victorine vulnérable réalisant soudain un bonheur qu'elle avait déjà peur de perdre.

Elle lui raconta sa vie là-haut à la Bastide Blanche. Elle parla de choses indifférentes, de moissons et de veillées.

– Tu sais, ils t'attendent à la Salomone.

– Ils... voudraient... que je leur rende visite? s'étonna Victorine en laissant transparaître sa joie.

– Henriette me questionne souvent sur toi. Vous avez des secrets de grand-mères à vous raconter.

Ce n'était pas vrai. Mais cela chauffait le cœur de Magali de voir sa mère heureuse. Elle se jura intérieurement de briser l'opposition des Giraud. Elle réussirait à faire inviter sa mère à la Bastide. Elle continua à dévoiler les habitudes des uns et des autres, déroulant ses souvenirs depuis son installation dans la montagne, puis elle eut des hésitations. Sa voix se fit plus faible. Son regard erra de plus en plus, se vidant de son expression.

Victorine remarqua le changement qui s'opérait. Elle devint attentive, pressentant un grand malheur. Elle prit la main de Magali; elle était froide. Pourtant le cœur s'emballait sous cette peau marquée par le travail de la terre.

Magali se tut. Ses yeux, aux pupilles dilatées, fixaient les cendres de l'âtre. Le temps s'était arrêté un jour d'automne et la brûlure lui dévorait le ventre.

– Tu ne m'as pas tout dit.

– Oui... non... oh ! maman !

Victorine serra sa fille. Son visage se durcit, sa gorge haleta, jamais elle ne l'avait autant aimée, si bien qu'elle en voulait au monde entier de la voir si malheureuse.

– S'ils t'ont fait du mal, ils le paieront !

Elle pensait aux Signois, aux esprits de l'ombre, à tout et à rien, se chargeant de détruire ce qui pouvait nuire à Magali et à Julien.

– Je ne suis plus la même qu'autrefois, mais j'ai encore quelques pouvoirs ! Ils le paieront ! Je le jure ! Dis-moi ce que tu as sur le cœur.

Magali fit un ultime effort et elle arracha les mots un à un de sa poitrine, racontant tout, le viol, Caronet. Cela dépassait ce que Victorine imaginait de pire, pire que l'étreinte qu'elle avait elle-même subie vingt ans plus tôt. En un instant, son bonheur se dissipa. Roumisse lui apparut comme une fatalité contre laquelle on ne pouvait rien, puis elle se reprit.

– Ce monstre ne vivra pas jusqu'à l'automne !

– Maman ! Que vas-tu faire ?

– Mon devoir de mère. J'irai là-haut ! Ou à Marseille s'il le faut ! Il périra de ma main !

– Tu n'arriveras jamais jusqu'à lui. Ils te mettront en prison... Il a des hommes partout. Marseille lui appartient, la police, les rufians du Panier, tous sont achetés par la famille Roumisse ! Tu ne peux rien, maman.

– Crois-tu ?

Quelque chose de suave et de lugubre passa dans ce « Crois-tu » lâché par Victorine. Magali jugula sa peur. Sa mère lui apparaissait comme au temps le plus sombre de leur existence, quand Marthe et elle s'associaient pour dispenser le mal.

Il y avait sur ce front couvert de sueur et de rides, sur ces lèvres serrées, dans ces prunelles fixes, toute la détermination d'une mère décidée à se sacrifier.

– Suis-moi ! dit Victorine.

Magali enveloppa Julien de son châle. L'enfant tétait son pouce, il ferma les yeux dès les premiers pas de Magali.

Victorine entraîna sa fille hors de la maison. Elle s'était munie d'une lampe à pétrole qui chassait les ombres devant elle. Elle marcha jusqu'au fond du potager. Il y avait là un cabanon en pierres sèches. Il servait de remise et au fil des ans un bric-à-brac s'y était entassé. Victorine retira des cageots pour dégager un chemin à l'intérieur, puis elle repoussa une lourde caisse pleine de bouteilles vides.

– Viens près de moi !

Magali s'avança. La lampe éclairait un espace entre la caisse et le mur.

– S'il m'arrivait quelque chose... commença Victorine.

– Maman...

– Tais-toi et regarde. Il y a bien longtemps qu'on pense à ton avenir avec Marthe et Agathe... bien longtemps.

Victorine dégagea plusieurs pierres du sol. Elles reposaient sur des planches qu'elle retira à leur tour, démasquant une cavité dans laquelle il y avait un petit coffre de fer aux coins rouillés.

– On s'était dit que notre commerce ne survivrait pas au siècle prochain...

Sur ces mots, elle rabattit le couvercle du coffre. Magali écarquilla les yeux. Des louis, des napoléons, des génies, des vingt francs, des cinquante francs-or, plus de mille pièces prirent vie à la flamme de la lampe.

– Vous pourrez refaire votre vie si la glace vient à manquer.

– Elle ne manquera jamais.

– On parle de l'usine à Roumisse sur le journal d'hier. Elle ouvre ses portes dans moins de deux heures. Cet homme est maudit, il tuera le métier de nos glaciers ; les siens travaillent déjà à Toulon pour une misère. Je vais en finir avec lui ! Jamais plus il ne nous fera du mal ! Je le jure !

A cet instant, Magali sut que rien n'arrêterait sa mère. Ni les gardes qui entouraient Roumisse. Ni la raison. Ni Dieu même. Elle l'embrassa très fort comme si elle la quittait pour la dernière fois, ramenant l'innocent Julien sur le chemin de Signes. Dans son dos, l'aube pointait, toute de sang, sur la courbe des collines, annonçant la fin d'un monde.

Ils avaient laissé les gorges d'Ollioules derrière eux. Les cinq chariots avançaient péniblement sur la route de Toulon, les chevaux étaient fatigués, les hommes somnolaient sur leurs bancs. Justin ouvrit un œil quand ils franchirent le Pont Neuf, puis le Pont du Las, où s'étalait l'un des plus vastes marchés de la ville, mais ils n'étaient pas encore arrivés à destination. Ils livraient au cœur de Toulon, à l'autre marché, le plus grand de la cité. Ils longèrent les remparts de l'arsenal flanqués de fossés profonds près desquels se tenaient parfois des filles de joie attendant les marins ; mais à cette heure matinale, elles étaient reparties vers les bordels du port où les derniers fêtards ivres se laissaient plus facilement plumer.

Au pas plus rapide des chevaux, au fracas des roues sur les pavés, Justin sut qu'ils touchaient au but. Il se réveilla tout à fait en reconnaissant l'église Saint-Louis écrasée par les hautes maisons de la vieille ville.

– On y est ! cria-t-il à ses glaciers. On va leur montrer, à ces marchands de glace chimique, qui on est ! Soyons fiers de notre glace ! Elle vient des montagnes ! C'est Dieu qui nous l'a donnée ! C'est nous qui l'avons taillée ! Il y en aura pour le poisson, pour la viande et pour les sorbets ! Je vous le dis.

Il s'encourageait, se saoulait de mots. C'était le grand jour. Il avait encore en tête l'article du journal qui vantait la glace industrielle. « Demain, mille tonnes de glace dans nos rues », avait titré le quotidien. De la glace partout, dans les quartiers les plus reculés de la ville, de la glace pas chère, de la glace en long et en large, sur cinq colonnes avec en prime un dessin montrant l'usine Roumisse, belle cathédrale d'acier et de verre d'où sortaient des pains de glace longs de quatre mètres. Il le connaissait par cœur, ce sale article ; il y devinait la patte de Roumisse. Il avait envie de crier aux Toulonnais de prendre garde. Bientôt Roumisse deviendrait le propriétaire du journal, puis des abattoirs, des minoteries, des banques, des ateliers mécaniques du port et de toutes les âmes entre le mont Faron et la rade.

Il jeta un œil sur sa cargaison. La glace reposait

sous d'épaisses toiles de jute ; chaque bloc était emmailloté de paille, tenu par des cordes. Il vit les gouttes d'eau suinter le long des ridelles du chariot. Elle commençait à fondre. C'était normal. On en perdait toujours un bon dixième avant la vente ; mais ça le rendit anxieux et agressif. Il engueula des paysans tirant leur charrette à bras, les tenant pour responsables du retard. L'embouteillage de la basse ville se répétait tous les jours entre cinq et sept heures du matin. Maraîchers, charcutiers, éleveurs, colporteurs, tous se rendaient au Cours Lafayette. Le cours bordé de platanes était comme un long fleuve traversant la ville du nord au sud. Sur ses rives s'étalait la mangeaille protégée par des bâches, les pyramides de tomates, les montagnes de haricots, les rangées de cervelles saignantes, les tresses d'ail, tout un monde de couleurs et de senteurs qui enchantait habituellement Justin.

– Pousse-toi ! cria-t-il à une marchande de fleurs qui peinait sous la charge de lourds paniers remplis d'œillets. La glace n'attend pas !

– Holà ! tout doux, mon beau glacier ! Pas la peine de prendre des grands airs de *Segnour* [1]. Peut-être qu'elle attendra, ta glace, aujourd'hui !

Elle avait lu le journal. Sur le moment, il eut envie de fouetter ses chevaux et de passer en force, écrasant la fleuriste et tous les revendeurs dont il sentait peser les regards. Ils avaient tous à la bouche les descriptions élogieuses de l'article. Certains en parlaient à voix haute en contemplant les impressionnants chariots.

1. Seigneur.

La femme trouva enfin son coin entre un marchand de fromages et un rétameur dont les bonnes joues se gonflaient pour attiser les braises d'un feu de charbonnille. Cette chaleur, la fonte de l'étain, impressionnèrent Justin. Il y vit un signe néfaste. Et si son chargement devait fondre ? Il houspilla Garlaban, Pilon, Bertagne et Étoile. Les braves bêtes se remirent à tirer. Le fardier s'ébranla lourdement, craquant de toutes ses membrures, couvrant soudain les conversations du boucan de ses énormes roues ferrées.

Ce bruit fit du bien à Justin. Jusqu'à leur arrivée au bas du cours, il ne pensa plus à la concurrence.

– Tout doux, Garlaban. On est arrivés, Bertagne.

Les chevaux s'arrêtèrent, tournant la tête vers le port où les profils des cuirassés bleuissaient dans l'aurore naissante. Justin gonfla ses poumons d'air marin, comme s'il cherchait à se purifier de toutes les odeurs du marché.

– La glace ! La glace ! se mit-il à aboyer.

Ses hommes l'imitèrent. Cet appel faisait toujours son effet. Les clients apparaissaient, venant de la riche rue d'Alger ou des quartiers de la ville haute avec leurs domestiques. La première vente était un plaisir que s'attribuait Justin. Ses coéquipiers le regardaient opérer, extirper la barre du lit de paille, la mesurer, la scier puis la casser d'un coup sec de hache. Quand les pièces d'argent tombaient dans l'escarcelle, il y en avait toujours un pour se signer et remercier le ciel. Ensuite, tous s'y mettaient, faisant jaillir des pluies de cristaux glacés entre leurs mains durcies par le froid.

– La glace ! La glace ! répétèrent-ils en chœur en observant le va-et-vient des badauds qui glissaient sur la couche des trognons répandus par les paysans.

Personne ne s'approchait du convoi. Les minutes s'écoulaient, l'angoisse montait chez les Signois. Ils s'égosillèrent, rompant avec l'habitude en se rapprochant des rues animées et du quai abordé par les pointus chargés de poissons. Il y avait toujours des grossistes de la halle au poisson prêts à payer cher un bon mètre de glace pour la conservation des rougets, des soles et des loups, espèces royales très prisées par les bourgeois de Toulon, mais aucun de ces mareyeurs ne semblait entendre les montagnards.

Soudain Justin reconnut le patron du Grand Café, important bonhomme vêtu de soie et de coton, connu pour ses exigences culinaires. Il tenait l'une des meilleures tables de la cité. Les épicuriens se disputaient ses petits salons ; on réservait très longtemps à l'avance le droit de déguster ses plats. Avec lui, la vente allait commencer.

Justin s'avança au devant de l'élégant restaurateur, retira sa casquette, le salua.

– Bonjour, monsieur Fabre.

L'autre inclina la tête, détournant son regard.

– Vous en voulez combien, aujourd'hui ? demanda Justin.

– Pas tout de suite, je dois réfléchir... Je reviens dans une dizaine de minutes.

Il mentait, et cela, malgré son effort, était visible dans le clignotement de ses minuscules yeux bruns fuyants.

– Comme vous voudrez, lâcha Justin qui croyait encore malgré tout à la vente.

En vérité, il n'était pas dupe. Le jour venait et pas un centimètre de glace n'avait été tranché. Il contempla ses hommes qui parvenaient à peine à lancer leurs cris tant l'anxiété les étreignait.

Brusquement ils se turent. Il y eut un roulement qui ébranla tout le cours. Atterrés, ils virent descendre des camions tirés par de puissants percherons. Sur les caissons isothermes peints en blanc, des lettres bleues les hypnotisaient.

– Justin ! Justin ! s'écria un Signois.

Justin n'avait nul besoin d'être fustigé. Lui aussi savait lire. Il ânonna tout bas ce que ses yeux refusaient de voir :

S.G.R.
SOCIÉTÉ GLACIAIRE ROUMISSE

Dix véhicules se rangèrent face aux chariots des glaciers. Leurs conducteurs n'eurent même pas à se donner la peine de vanter leur marchandise. Ce fut la ruée. Des files se formèrent. Justin se rapprocha d'un camion. Il s'abandonna aux poussées des uns, aux railleries des autres.

– Té ! Regardez-le, celui-là, il n'a pas fini de s'acagnarder [1] ! clama un homme en le montrant du doigt.

– C'est bien fait ! Il n'avait qu'à vendre sa glace moins cher ! ajouta quelqu'un.

Justin ne les entendait plus, il venait d'avoir un

1. S'accoutumer à l'oisiveté par fainéantise.

éblouissement. L'intérieur du camion était rempli de longues barres argentées rigoureusement identiques qu'un manœuvre faisait glisser une à une avant d'annoncer : « Cinq sous le mètre ! Cinq sous le mètre ! »

C'était vingt fois moins cher que la glace des montagnes. Il ne comprenait pas. Il essaya de trouver des défauts à ces barres gelées que se disputait la clientèle. Elles paraissaient compactes, plus résistantes à la chaleur. Il ne prit pas même la peine de toucher un bloc pour se rendre à l'évidence. La qualité y était.

– Tout est perdu..., murmura-t-il.

Le prix de la marchandise était dérisoire. Ce n'était plus de l'or qui circulait des mains des acheteurs à celles des vendeurs, mais les nouvelles pièces de bronze que le gouvernement Dupuy avait mises en circulation par millions d'exemplaires. Sa seule consolation fut de voir des gens modestes emporter leur part de froid dans des couffins. Alors il se souvint des discours de Viguière sur le progrès, de ce XXe siècle qui promettait tant à l'humanité et il en éprouva de l'amertume. A quoi bon le progrès s'il tue le travail, se dit-il.

– Vous vous faites du mal. Retournez chez vous.

La voix le fit sortir de ses tristes pensées. Il sentit soudain la main de M. Fabre sur son épaule. Il la rejeta d'un mouvement brusque.

– Jamais !

Le patron du Grand Café le contempla d'un air navré avant de passer sa commande à l'employé de Roumisse : « Vous m'en mettrez deux mètres ! »

Cette commande le rendit encore plus furieux. Bousculant les files, il rejoignit ses hommes et leur intima de crier aussi « cinq sous le mètre ».

Le temps passa. Le soleil monta de quelques crans au-dessus de la rade et, à présent, il y avait foule sur le Cours Lafayette. Les Signois s'étaient tus. Même à cinq sous, leur glace ne trouvait pas preneur. Elle fondait peu à peu sous leurs yeux ; ils en avaient la gorge nouée. Tout leur avenir disparaissait dans le lent goutte-à-goutte des barres. L'eau suintait à travers les sacs et la paille, filait le long des planches et des roues avant de fusionner avec la crasse des pavés. Pour un peu, ils l'auraient donnée, leur glace. C'était un crime de la voir se gaspiller, mais il y avait cette fierté qui leur interdisait d'offrir gratuitement ce bien si durement acquis. Des générations d'hommes s'étaient épuisées sur les flancs de la Sainte-Baume. Ils pensaient à tous ceux qui avaient payé de leur vie sous les tours, le long des routes. Ils pensaient à leurs femmes, à leurs enfants, à leurs villages condamnés à une mort lente. De la peine et de la rancœur s'accumulaient dans leurs larges poitrines de montagnards.

Comme pour les enfoncer un peu plus dans le désespoir qui les gagnait, d'autres camions Roumisse arrivèrent sur le marché.

– Il n'y a plus rien à faire ici, dit d'une voix sourde l'un des coéquipiers de Justin.

Il adressa un regard interrogateur à ce dernier. Justin ne semblait pas l'avoir entendu, il était hypnotisé par ces larmes froides répandues en flaques sous les chariots.

– Justin...

– Laisse-moi!

– Il est venu... Le Marseillais.

Justin releva lentement la tête. Une automobile flambant neuve pétaradait près du quai où un groupe de notables s'était formé. Roumisse était au volant. A ses côtés, Camille souriait à tous les flatteurs venus féliciter son père. Quand elle le regarda, il sentit la brûlure du mépris, la joie féroce qu'elle éprouvait à le découvrir battu. Il entendit même ce qu'elle lança tout haut :

– Voyez, père, vos concurrents ont les *pès fangoux* [1].

Un rire général accueillit ce bon mot. Et on observa, goguenards, les pauvres Signois pataugeant dans la mare de leur glace fondue. Roumisse triomphait. Il eut un coup d'œil complice pour sa fille.

– Concurrents, ça! Allons donc. Nous méritons mieux que des mendiants descendus des montagnes.

La haine le submergea, mais Justin se retint. Il avait mieux à faire. Il ordonna à ses hommes de vider les chariots et comme il les voyait prendre délicatement les barres, sans respirer, de peur de souffler leur chaleur sur la glace, il s'empara lui-même d'un bloc et le laissa tomber sur le pavé.

Le bloc se fracassa.

Ce fut une libération. L'air entra à flots dans sa poitrine. Il ne sentit plus l'humiliation comme un poing serré en lui. La glace s'était morcelée en une

1. Pieds crottés.

multitude d'étoiles qui dépérissaient à vue d'œil sur le sol tiède.

– Alors qu'attendez-vous ? cria-t-il aux siens en tirant une nouvelle barre du chariot.

Ils hésitèrent. Deux d'entre eux avaient les larmes aux yeux ; ils les fermèrent quand Justin détruisit le second bloc. Quand, à leur tour, ils laissèrent tomber ce qu'ils avaient de plus sacré, ils comprirent que c'était la fin de leur monde.

Un cercle de curieux s'était formé autour des glaciers. Le silence avait remplacé la gouaille des marchands, les ménagères raidies dans une sorte de stupeur contemplaient ces diables de Signois anéantissant leur bien le plus précieux. Les morceaux de glace glissaient parfois jusqu'à leurs pieds et elles n'osaient pas s'en saisir. Les petits enfants accrochés à leurs jupes ne s'accroupissaient pas pour jouer avec les gros cristaux qui brillaient sous le soleil ; ils avaient peur de ces hommes en rage aux faces grimaçantes.

On ne comprenait pas la folie des montagnards. Sauf Roumisse et sa fille. Ce sacrifice ternissait leur triomphe. Pour Camille, ce fut une vision insupportable ; elle détourna la tête, s'éloignant un peu de son père qui restait digne mais blême.

Ces fous brisaient un passé qui avait fait la gloire de sa famille. Roumisse revit ses aïeux priant au cœur des collines, attendant la pluie, le vent, le froid. Sa nostalgie fut brève mais intense, le temps de quelques fracas. Quand le dernier bloc tomba sur le Cours Lafayette, le passé était bien mort. Alors il se tourna vers les notables de Toulon et les invita à fêter l'avenir dans ses nouveaux bureaux situés dans l'une des élégantes artères de la haute ville.

Justin regarda s'éloigner l'automobile. Sa haine monta d'un cran. Il la vit se refléter dans les yeux de ses coéquipiers qui serraient les poings. Lorsqu'il leur commanda de le suivre, ils étaient prêts à sacrifier leur vie.

12

Plus rien n'existait que leur rage, ce désir de détruire, à l'idée qu'une autre glace entrait en ces moments mêmes dans la plupart des foyers de Toulon. Partout, de la place d'Italie à la place du Théâtre en passant par le Champ-de-Mars et le boulevard de Strasbourg, les Signois avaient croisé les camions blancs de Roumisse. Partout, il y avait des files d'hommes et de femmes, des couffins pleins de glace artificielle, des enfants qui suçaient les éclats froids offerts par les nouveaux glaciers en salopettes bleues.

Tout ce déploiement orchestré de main de maître par Roumisse soulevait tout leur être, emportait leur existence accoutumée au lent rythme des saisons, leur calme de paysans.

Ils n'étaient que cinq mais ils avaient l'impression d'être cent. Justin menait leur troupe. Debout sur son banc, il faisait claquer son fouet aux oreilles de Garlaban et Étoile, et les deux chevaux de tête poussaient de toute la force de leur poitrail, entraînaient leurs frères Bertagne et Pilon, tiraient le fardier qui bondissait sur les pavés des rues. Vingt chevaux au galop, une cavalcade d'enfer, cinq hommes, cheveux au vent, chemises ouvertes, des roues qui arrachaient des étincelles au granit, voilà ce que les Toulonnais effrayés aperçurent soudain, venant de l'est de la ville et fonçant vers le couchant. Les fardiers doublaient les omnibus, les automobiles, les calèches et les fiacres. Parfois ils heurtaient les véhicules avec leurs énormes roues cerclées de fer, broyant les élégants marchepieds des coupés, les fins rayons des mails.

– Place ! Place ! hurlait Justin.

Son fouet tombait, s'élevait, retombait. La lanière de cuir longue de cinq mètres ondoyait, tranchait l'air brûlant du midi, lui procurant une sensation de puissance inouïe. Il n'apercevait rien d'autre que le dos luisant de ses chevaux et la portion de route que les sabots frappaient à chaque seconde. Il ne voyait pas les mondaines effrayées, les petits-bourgeois courroucés, les bigotes se signer sur les trottoirs. Il n'appartenait plus à ce monde.

Ils ralentirent cependant en abordant le bourg du Pont du Las où s'achevait le marché. Devant eux se dressait l'église Saint-Joseph, neuve, blanche, aux lignes froides, pareille à une tombe taillée dans le marbre. Ils la contournèrent. Justin se repéra. C'était facile. Il lui suffisait de se souvenir de l'article du journal ou de suivre les camions blancs de son ennemi.

A l'ombre de la tour nette du clocher, des maisons proprettes poussaient de part et d'autre du Las où coulait un mince filet d'eau. Elles alignaient leurs façades coquettes, leurs jardins découpés en carrés de tomates et de salades. Ce décor fraîchement bâti appartenait déjà à Roumisse dont l'usine s'élevait à plus de mille pas au milieu des champs.

Justin fit signe à ses compagnons de s'arrêter. Une boule monta dans les gorges. Le monstre de verre et d'acier baignait dans les vapeurs bleuâtres crachées par ses cheminées. Tout leur malheur venait de cette formidable construction posée entre ciel et terre, prête à les broyer comme elle avait broyé les champs sous ses membrures.

Pourquoi donc ne fuyaient-ils pas ? Il était temps encore, ils pouvaient recommencer leur vie à Signes, cultiver la vigne, ce serait la sagesse. Non ! Ce n'était pas possible, ils ne se résignaient pas à abandonner la lutte commencée avec leur ennemi. Toute leur chair en aurait saigné. L'honneur de leur nom, de leur famille, de la montagne les poussa à charger. D'un même coup de fouet, ils lancèrent leurs chevaux au galop et reprirent leur course.

Justin se laissait porter par la haine. Une volonté invincible le soutenait, une force qui lui aurait fait détruire à lui seul l'usine de Roumisse. Le corps principal du bâtiment grandissait ; ses verrières pareilles à des écailles flambaient au soleil, des tuyaux de plomb nourrissaient son ventre, des buses de fer plongeaient dans ses flancs. Il semblait vivre grâce à une multitude de conduites qui le reliaient à des annexes en brique brune.

Le site était entouré d'un mur. On y pénétrait par une large entrée fermée la nuit d'une porte de métal sur rail. Les hommes qui la gardaient virent surgir soudain les Signois au bout de la route. Ils comprirent le danger, coururent vers la porte afin de la pousser, mais il était trop tard. Justin fut sur eux en quelques secondes. Il les cingla du fouet, zébrant de rouge leurs visages.

Les fardiers s'engouffrèrent dans la cour de l'usine. Il y eut des cris. De toutes parts, des employés se ruèrent sur les cinq furieux, puis se replièrent aussitôt quand le cuir des fouets mordit leur peau.

– Ne faites pas de mal aux hommes, sauf s'ils s'opposent à vous ! cria Justin avant de s'emparer de sa hache de glacier.

Tel un dieu barbare, il la brandit au-dessus de sa tête et se mesura à l'immense bâtisse de Roumisse dont le cintre de fer taillait une demi-lune grise en surplomb de l'entrée. Il poussa un hurlement sauvage et s'élança vers l'usine. Il fit encore claquer son fouet face à des hommes apeurés puis le jeta en pénétrant dans les entrailles bruyantes. La glace industrielle était vomie par des machines, elle glissait sur des rouleaux mécaniques, défilait par barres sous la cathédrale d'acier baignée de vapeurs froides. Au bout de cette chaîne cliquetante et chuintante une équipe d'ouvriers la récupérait et la chargeait dans les fourgons. Des chefs en casquette écussonnée allaient et venaient au sein de cet antre du nouvel âge. L'un d'eux apostropha Justin.

– Et toi ! Qu'est-ce que tu fous ici ?

– Mon devoir ! répliqua Justin avant d'abattre sa hache sur un tuyau de cuivre.

Il le sectionna net. Un gaz s'en échappa avec un sifflement strident.

– *Pantou*[1] ! Arrête ou je te crève ! dit le chef d'équipe en s'emparant d'un long outil terminé par un croc.

Justin abattit à nouveau sa hache, la releva, la fit voler dans tous les sens, cassant de la glace, des roulements à billes, coupant des courroies d'entraînement. En quelques coups, il provoqua une catastrophe. La chaîne se bloqua. Les barres crachées par le système de refroidissement s'entassèrent, puis se brisèrent sur le sol. Les Signois s'étaient répandus partout. On les voyait grimper aux minces échelles de fer, courir sur les passerelles. Leurs haches semaient la panique et la destruction. Les employés de Roumisse détalaient. Ils devinrent rapidement les maîtres du lieu.

– Passe ton chemin, ce n'est pas à toi que j'en veux ! dit Justin au gaillard qui s'avançait vers lui.

– Sale rouge ! gronda l'homme en agitant l'instrument avec lequel on guidait les barres de glace.

Justin ne voulait pas l'affronter, sa colère venait de retomber en même temps que l'arrêt de la machinerie. Il contempla la bête de fer qui perdait sa vie par les conduites, la glace éparpillée, les étincelles électriques le long des câbles arrachés et ses hommes qui se battaient encore contre le monstre d'acier.

Le chef se fendit soudain, balayant l'air avec son arme de fortune. Il atteignit la hanche de Justin avec la hampe et voulut le ramener à lui avec le croc. Mais Justin fit un bond sur le côté. Le coup avait été violent. Justin sentit presque aussitôt la douleur ; il

1. Manant.

évita une nouvelle attaque, sauta sur les rouleaux de la chaîne puis se saisit de la main de son adversaire en levant sa hache.

Il ne la fit pas retomber sur le crâne du pauvre bougre qui le regardait avec stupeur. Il vit en lui son double. Chacun défendait son bien ; il avait perdu, il le comprit quand il aperçut les gendarmes menés par Roumisse. Alors il jeta sa hache au pied du maître des glaces.

– Tout est fini pour toi, lui dit Roumisse qui parvenait enfin à respecter le serment fait à sa fille. C'est le bagne qui t'attend, mon garçon. Messieurs, emparez-vous de lui !

Viguière avait promis de les faire libérer. On le savait adroit dans les négociations et il avait le bras long. Il avait rameuté ses amis de Marseille et de Paris. A Signes, on avançait les noms du tout nouveau ministre Waldeck, de l'écrivain Charles Péguy, de Georges Clemenceau. Autour du brave maître des glacières déclinantes, les hommes de bonne volonté se liguaient. Chaque jour, la lutte faisait rage dans les salons de la Canebière où les troupes de Viguière acculaient les partisans de Roumisse ; on finirait bien par trouver un compromis.

Cependant, ces jours étaient longs, à se ronger les sangs, longs à en crever sous le soleil qui écrasait la Bastide Blanche. Magali avait épuisé ses larmes au côté d'Henriette. Restait cette douleur dans la poitrine. Ces coups au cœur quand elle berçait Julien. Elle ne pouvait s'empêcher de penser au bagne. Elle avait entendu parler de l'île du Diable au bout du monde. C'était dans ce lieu maudit que Justin et les Signois risquaient d'être enfermés.

Pour la millième fois, elle regarda le chemin qui menait à la vallée. Il était comme une lame chauffée à blanc, puis elle s'inquiéta pour son beau-père. Amédée guettait l'arrivée de son fils, si par chance Viguière parvenait à le faire libérer de la prison Saint-Roch. On l'avait installé sous le plus vieil olivier de la Salomone ; il n'en voulait plus partir. Il y dormait depuis plus de vingt jours, s'y soulageait comme il pouvait après s'être arraché à sa chaise. Les coups de gueule de l'oncle Antoine n'y avaient rien changé, ni les pleurs d'Henriette. Il s'était enraciné avec l'arbre.

A chaque aube, Henriette venait déposer un baiser sur son front. Il lui étreignait la main, puis la regardait partir vers la verrerie où elle continuait à travailler. Il lui semblait attendre ainsi depuis des années dans le zézaiement des cigales et le chant des grillons. Il croyait ne plus savoir parler, il ne trouvait pas un mot pour se plaindre. Aussi quand Magali arriva et lui demanda de boire, il émit un grognement.

– Père, je vous en prie, buvez.

Il la regarda longuement avant de s'emparer de la cruche qu'elle lui tendait. Il y avait dans ce regard tant d'interrogation et de tristesse que Magali en fut émue. Elle tourna la tête ; elle était incapable de le nourrir de faux espoirs. Elle descendait le matin au village, passait chez l'oncle Antoine, à la mairie, à l'église afin de glaner des nouvelles, mais ni le coiffeur, ni le maire, ni le curé ne savaient ce qui se tramait en haut lieu.

Amédée but avidement d'un trait. L'eau était tiède, il sentait sous ses lèvres asséchées le goulot d'argile de la cruche où la bouche de son fils se collait, cela lui rappelait le temps des moissons quand il le contemplait fauchant les blés.

– Aujourd'hui, dit-il soudain en s'essuyant les lèvres.

Magali le regarda sans comprendre. Le pauvre homme avait les traits tirés, la peau striée de rides profondes, la chaleur avait achevé le travail des ans ; il perdait la tête.

– Père, je dois vous ramener à la maison, dit-elle en tentant de le soulever

Il eut un geste brutal pour la repousser.

– C'est aujourd'hui qu'ils vont le libérer !

Il y avait de la certitude et de la folie dans le regard qu'il lui jeta. Magali paniqua, elle ne savait comment venir en aide au vieux soldat. La Salomone était déserte. Les cousines étaient chez la grande Colette, préparant le trousseau de cette dernière qu'on allait marier au docteur Charpin. Les hommes vaquaient dans la plaine de Signes, les femmes lavaient leur linge sur les bords du Latay, à une bonne lieue d'ici. Seul le petit Julien dormait dans son berceau.

Soudain Amédée se souleva sur ses bras et tendit son cou. Quelqu'un arrivait. Magali joignit les mains. Et si c'était vrai, le retour de Justin ! Le père Giraud avait de l'oreille. A l'extrémité du champ bordé de chênes, la cacophonie des cigales s'était tue.

Magali cessa de respirer. Puis elle cria :

– Maman !

Victorine venait d'apparaître sur le chemin.

– Maman ! lança encore Magali en courant vers elle.

Elle était enfin venue. Sa mère tant attendue, tant espérée par les familles de la Salomone. Elle prit sa fille contre elle, qui se laissa aller, pleurant sur son sein.

– Ma petite fille, ma toute petite... Plus personne ne te nuira à présent, plus personne.

Victorine la caressa, lui parla tout bas en la ramenant vers Amédée. Le vieux la voyait enfin, cette Aguisson qui avait hanté le cœur des hommes. Elle était plus belle et plus désirable que dans ses souvenirs. Ses cheveux drus et longs jaillissaient en une cascade noire qui retombait sur ses épaules dorées. Sa poitrine généreuse et ferme débordait de l'échancrure d'un chemisier brodé. Il devina, sous la large robe bleu ciel imprimée de fleurs, les jambes longues, nerveuses, faites pour s'accrocher aux hanches amoureuses les nuits d'été. Tout un passé ! Le sang afflua sous son crâne quand elle se pencha pour l'embrasser.

– Bonjour, Amédée.

– Ça fait si longtemps, Victorine.

Il n'avait jamais dansé avec elle. Il appartenait à une autre génération et il était déjà paralysé quand elle fut en âge d'avoir des cavaliers. Il l'avait vue sauter dans le rigodon, légère avec la gavotte, sauvage sous les airs de branle. A présent, il la redécouvrait, tout ému de la sentir si près de lui, pleine des effluves de la terre. Des semaines durant, Magali avait redouté cette rencontre. Maintenant un rayon de soleil glissait en elle, chauffait son âme désespérée. Victorine et Amédée appartenaient au même monde. Elle contempla mieux sa mère, s'étonnant de ne pas la voir en noir. Cette robe, ce corsage, ces souliers, ces bijoux aux oreilles et aux doigts, elle ne les reconnaissait pas. Victorine était parée pour un bal, pareille à une jeune fille qui s'en va chercher le galant sous la lumière des lampions. Seule, une besace en toile râpée calée sur sa hanche dépareillait le bel ensemble.

Victorine sentit le regard de sa fille.

– Je sais, tu ne m'as jamais vue habillée ainsi. Ces vêtements étaient enfermés dans l'armoire de Marthe depuis vingt ans.

Magali réprima un frisson. L'armoire, la vaste et secrète armoire de la vieille chouette, elle s'en souvenait comme si elle y était encore. Marthe y cachait des « choses » et en possédait la clef qu'elle gardait autour du cou. Jamais l'enfant, puis l'adolescente Magali n'avait posé la main sur ce meuble massif aux vantaux garnis de ferrures tourmentées.

– La fiancée te plaît ? demanda Victorine.

Il y avait de l'ironie dans cette question. Beaucoup de douleur aussi. Victorine eut un regard vague. Il y eut un coup de vent. Les cigales se turent. C'était un signe. La fille et la mère comprirent que le destin n'attendait plus.

Amédée n'aimait pas ça ! L'étrange comportement de Victorine, cette rafale de vent venue de nulle part, son cœur battant la chamade, tout annonçait un grand malheur.

– Aidez-moi à rentrer ! jeta-t-il.

Il pensait ainsi briser le mauvais charme. Il y parvint presque. Les deux femmes firent un violent effort pour le porter jusqu'à la bastide. Quand elles le déposèrent dans la pénombre fraîche de la cuisine, il demanda son tabac, parla de tout et de rien. Il grignotait du temps. A plusieurs reprises, il vit Victorine jeter un œil à travers les persiennes croisées : elle s'impatientait. Lorsqu'il fut à bout de ses courtes histoires, elle enleva la besace qu'elle portait à la hanche et la donna à Magali.

– C'est pour toi.

Magali reçut ce présent qui pesait lourd. Elle ne prit pas la peine de l'ouvrir. Elle savait...

L'or des lavandières de la nuit. L'or amassé avec les billets lui brûlait les mains à travers la toile. Cet héritage, elle n'en voulait pas. Sa mère allait faire des bêtises. Elle pensait « bêtises » pour écarter l'idée de la mort.

– Tu restes ici ! ordonna-t-elle à Victorine en jetant brutalement la besace.

– Nom de Dieu ! jura Amédée en voyant l'or se répandre sur le sol.

Magali fit rempart de son corps entre la porte et sa mère. Elle s'accrocha à elle, pleura, lui rendit les baisers qu'elle lui prodiguait, mais rien n'y fit.

– Attendons Justin ensemble, je t'en supplie !

– Ton Justin reviendra quand la flamme s'éteindra. Laisse-moi à présent. Laisse-moi accomplir ce que j'aurais dû faire il y a vingt ans.

Victorine détacha les bras qui l'entouraient et s'en alla sur le chemin. Quand elle disparut sous les chênes, les cigales se remirent à chanter.

Magali était atterrée. Elle n'avait plus de courage à rien. Il fallut toute la violence verbale d'Amédée pour qu'elle réagisse.

– Bon sang de *Capoun de Diou* ! T'es là comme un santon ! Tu ne comprends donc pas qu'elle va se tuer ! Cours après elle ! Sauve-la.

– Maman ! Maman ! se mit-elle à appeler en s'élançant sur le chemin.

« La glace ! La glace des montagnes ! »

Justin s'éveilla brusquement. Le rêve était trop beau. En proie à un désespoir grandissant, il cligna des paupières. L'appel des glaciers qui résonnait encore dans son crâne se mêla à la toux d'un compagnon de cellule. On les avait entassés dans un trou de vingt mètres carrés avec deux voleurs à l'étalage. Justin regarda un à un les Signois ; ils paraissaient vieillis. Loin de la Sainte-Baume, ils s'étiolaient. Sur leurs visages mangés par la barbe et la vermine, le lent travail du deuil de l'existence avait commencé. Ils ressemblaient aux bagnards qu'on rassemblait parfois dans la cour de la prison, hagards, voûtés par le poids des chaînes et les coups des garde-chiourme.

Il quitta sa paillasse, tout endolori, et alla appuyer le front contre les barreaux du soupirail derrière lequel courait le haut mur d'enceinte. Il n'essaya même pas de tordre le cou pour apercevoir un morceau de ciel. Il existait de moins en moins depuis son passage devant le juge.

Dans le bureau du magistrat, où trônait un buste de la République, il s'était replié sur lui-même. Face à la loi, un amenuisement de tout son être l'avait livré à Roumisse. Comme ses frères glaciers, il plantait son regard dans le sol pour ne le relever que de temps à autre dans un appel au secours naïf et effaré, puis il baissait aussitôt les paupières sous les mots et les intonations dures, les épaules rentrées, les joues couvertes de honte, pétrifié par l'homme en robe jetant des « coupables » et des « canailles » afin de plaire à Roumisse.

Sans aucun doute, leur procès allait être expéditif. Les autres prisonniers s'étaient chargés de leur enlever tout espoir. Ils s'imaginaient déjà en Guyane avec les serpents, les mouches suceuses de sang, les maladies qui vous précipitent dans une fosse anonyme en quelques jours.

Le choc sourd de la barre qui verrouillait la porte de la cellule le tira de ses sombres pensées. Le clic-clac de la clef fit un bruit terrible. Chaque fois que le battant de fer était repoussé, il lui semblait que l'heure de l'exil sonnait.

La trogne blême du gardien apparut avec ses traits pâteux, ses yeux vifs éclairés par une lampe à pétrole.

– Les Signois dehors ! aboya-t-il.

Ils se regardèrent, n'osaient bouger, se demandant ce qu'on voulait d'eux. Justin fut le premier à sortir du trou à rats.

– Y a de la chance que pour la racaille, marmonna le geôlier en les toisant d'un air de vague dégoût.

Que voulait-il dire ? Justin contempla sa face molle de dogue qui avait repris son indifférence.

– Allez zou ! remballez vos hardes, mécréants !

Les Signois ramassèrent leurs vestes et leurs casquettes et le suivirent le long des corridors humides bordés de cellules. Il y eut des cris sur leur passage. Quelqu'un tambourina sur le fer de sa porte en hurlant.

– Boucle-la ! gronda le gardien en cognant le battant avec son trousseau de clefs. (Puis il ajouta à l'intention de Justin :) il gueulera plus longtemps, on va lui couper le cou le mois prochain.

Il avait dit ça avec une sorte de jubilation comme s'il se délectait du futur spectacle public auquel on convierait les bonnes gens de la ville. En d'autres temps, Justin lui aurait mis son poing sur le nez, mais le ressort était cassé. Il chemina derrière ce gros salopard, poursuivi par les cris du condamné en pensant à son propre sort. D'escaliers en couloirs, ils parvinrent dans un périmètre plus civilisé, où le jour entrait à flots dorés par de larges fenêtres. Ils clignèrent des yeux dans la lumière. Une grille fut repoussée, une autre s'ouvrit sur un hall où les attendaient Viguière et Charles.

– Justin ! lâcha le curé.

– Mes enfants ! s'écria Viguière.

Les cinq rebelles demeurèrent stupéfaits, ne faisant plus un pas.

– Tout est réglé, ajouta le maître des glaces. Vous êtes libres.

Libres ? Ce mot semblait venir de loin. Ils paraissaient en avoir oublié le sens. Puis ce fut le déclic. Des larmes jaillirent de leurs yeux, ils tombèrent dans les bras les uns des autres, dans ceux de leur patron et de leur curé.

Justin rencontra le regard fraternel de son ami Charles, sentit battre le cœur de Joseph Viguière contre le sien et il eut droit à un : « Grand couillon, on t'aime trop pour te laisser moisir ici. »

Un troisième homme écourta les effusions.

– J'espère qu'on ne le reverra plus à Toulon, dit-il en remettant des papiers à Viguière.

– J'en fais mon affaire ! répondit le maître.

Des questions brûlaient les lèvres de Justin. Comment avait-il fait pour les tirer de cet enfer et leur épargner l'exil ? Quel avait été le sacrifice ? Il crut même au miracle provoqué par les interventions de Charles.

– Tu sauras tout, lui dit son ami. Filons d'ici, la montagne nous attend.

Les herbes des collines étaient dures et fanées, elles griffaient ses mollets nus, s'accrochaient à sa robe. Victorine marchait dans l'air étouffant traversé d'insectes, les yeux fixés sur le col des glacières. Elle n'était plus venue au pied de la Sainte-Baume depuis vingt ans. Elle s'aventura dans la garrigue morte à présent. Deux tours à glace abandonnées perdaient déjà leurs tuiles, des wagonnets renversés étaient prisonniers des ronces.

Victorine contempla ce désastre, consciente de son désir de le fuir. Tout était de la faute de Roumisse. Cet homme semait le malheur partout. Sa haine monta encore. Alors elle passa le col et descendit vers le château de Font Mauresque.

– Maman ! jeta en vain Magali.

Sa mère était là-haut, toute sertie de lumière dans

l'échancrure du col. Magali se mit à courir sur la pente au moment où Victorine disparut. Elle savait maintenant où se rendait sa mère. Quand elle parvint au sommet du col, cette dernière était déjà loin sur le chemin qui serpentait. Soudain elle ne la vit plus. Victorine coupait à travers un bois.

A chaque tour de roues, les deux fiacres se rapprochaient de la montagne. L'émotion les étreignit quand ils grimpèrent le long de la route caillouteuse entre le Beausset et Signes. Justin aperçut peu à peu sa Sainte-Baume calée sous le ciel, étendant ses flancs d'un gris bleuté sur des kilomètres.

Il y eut des soupirs, des poings qui se serraient; tous les souvenirs affluèrent. Viguière étreignit fortement la cuisse de Justin. En quelques heures la mauvaise maladie qui le rongeait avait dessiné un masque de souffrance sur son visage.

– Voulez-vous que nous nous arrêtions à l'auberge du Camps? demanda Justin.

– Non, non, je veux voir mes tours... Ce soir il sera peut-être trop tard.

– Vous nous cachez la vérité, maître Viguière, je le sens. Quel marché avez-vous passé avec notre ennemi?

Viguière fit un effort, mais il ne put parler. Sa voix se cassa en un sanglot quand il essaya d'avouer ce qui lui pesait sur le cœur. Pour la première fois, Justin découvrit combien cet homme fort était fragile et il se jura tout bas de l'aider comme il avait aidé son père.

– Nous rebâtirons un autre monde; vos terres sont grasses!

– Vous ne rebâtirez rien, dit soudain Charles.

Justin se tourna vers son ami. Le prêtre était triste. Le secret de leur libération se frayait un chemin jusqu'à son regard de myope ; il attendit l'assentiment muet de Viguière avant de poursuivre d'une voix calme et émue :

– Les terres ne lui appartiennent plus. Il les a cédées à Roumisse en échange de votre liberté. Tout est fini, Justin... Votre avenir est désormais dans la plaine.

– Non !

Justin niait l'évidence. La moitié de la Sainte-Baume appartenait désormais à Roumisse ! Sa montagne ! Il ne la voyait plus ; il n'y eut plus là, sous ce ciel d'août, rien qu'une noirceur dense dans laquelle flottait le visage de son ennemi. Il pensa à ses pauvres compagnons dans le fiacre qui précédait le leur ; eux ignoraient tout du terrible marché.

– Vous n'aviez pas le droit ! s'exclama Justin en s'adressant à son patron. La terre est sacrée ! Elle valait des milliers de fois nos misérables vies.

– Ne l'accable pas, intervint Charles. Il a fait ce que son cœur lui dictait. Crois-tu vraiment que la terre a plus de valeur qu'une vie ? Ne sacrifierais-tu pas quelques arpents pour sauver notre amitié ? Joseph n'a que vous, tu le sais. Sa lointaine famille ne s'est jamais manifestée avant sa maladie. Il t'a toi. Il sait très bien qu'un Justin ne le trahira jamais. Si tu es le frère que j'aurais voulu avoir, tu es le fils à qui il aurait tout voulu donner.

Justin vit les larmes dans les yeux de Viguière. Alors il le prit par l'épaule comme il le faisait avec son vieux père.

– Pardonnez-moi... J'ai voulu défendre notre terre à glace. J'ai voulu sauver notre travail. J'ai voulu perpétuer nos traditions. La colère m'a guidé, elle a précipité votre ruine...

– Je ne suis pas ruiné, mon petit, dit Viguière, loin de là. Et si tu le veux, pour le temps qu'il me reste à vivre, nous nous emploierons tous les deux à reconquérir notre bien perdu.

– Nous reprendrons nos collines à Roumisse ! J'en fais le serment.

Victorine n'était pas accablée par la chaleur. Elle ne ressentait pas sa sueur couler, la soif, les pierres brûlantes sous ses pieds. Le château se dressait devant elle avec ses cyprès centenaires griffant le ciel de leurs doigts noirs. Un jardinier somnolait sous un poirier. Elle négligea cette présence et fit le tour de la propriété. Plus rien ne comptait que sa vengeance et la haine qui la poussait. Soudain elle le vit. Elle faillit crier.

Roumisse se prélassait à l'ombre d'une tonnelle. Des jeunes femmes en robes claires taquinaient un gros chien. Tout ce beau monde insouciant était servi par des domestiques. Elle reconnut Camille, la rivale de sa fille. Elle éprouva un sentiment féroce à la savoir là, buvant du jus d'orange et refaisant le monde avec son père. Cette garce allait payer, comme le salopard qui l'avait engendrée. Elle vit aussi Mme Roumisse, toute sèche et menue, aller et venir, préoccupée par le service, la tenue des employés qu'elle remettait en place sans raison. Victorine la compta avec les deux autres.

– Toi aussi, toi aussi, répéta-t-elle avant de reculer.

Alors elle fit ce que sa folie lui dictait depuis des jours. Elle alla vers les restanques. De la mauvaise herbe, jaunie et craquante, masquait les vieilles pierres des murets. Toute une végétation sauvage s'offrait à ses yeux, elle couvrait la colline, se mêlait aux arbres, enserrait le château et ses vergers. Sans hésiter, elle s'empara du briquet à mèche qu'elle portait sur elle jour et nuit et l'actionna. Le feu prit aussitôt. Elle se mit à courir, alluma un autre foyer, courut encore, dessinant peu à peu un cercle de flammes.

Bientôt le feu prit solidement pied dans un champ d'oliviers, et s'étendit de branche en branche jusqu'aux écuries. Le feu rougissait le visage de Victorine, le transformant en masque de démon. Elle entendit crier quelque part devant elle, mais elle continua sa cavalcade, embrasant les tousques et les buissons.

Le chien fut le premier à renifler l'odeur de la fumée. Après quelques aboiements furieux, ses maîtres alertés s'inquiétèrent.

– Qu'a donc Néron ? demanda Camille en soupçonnant sa sœur de taquiner méchamment l'animal.

– Nom de Dieu ! s'écria soudain Roumisse.

– Le feu ! Le feu !

Mme Roumisse s'exclama en montrant du doigt la fumée qui s'élevait de la garrigue environnante. La stupeur, puis la peur s'inscrivirent dans leurs regards.

En quelques secondes, Roumisse évalua le danger. Le feu prenait de toutes parts. Quelqu'un allumait des foyers. Il poussa ses filles, commanda aux domestiques d'atteler la calèche. Avec un peu de chance, on pouvait rejoindre la départementale et sortir du piège.

Victorine sautait, s'élançait à travers les massifs de genêts, riait quand, dans un craquement sinistre, un arbuste flambait d'un coup. Elle hurla quand elle vit la calèche et les chevaux sauvés des flammes qui montaient entre les murs des écuries.

Tout était perdu lorsqu'elle aperçut Roumisse, pénétrant dans le château. Alors elle se précipita vers la bâtissse.

– J'en ai pour peu de temps ! avait dit le maître. Partez ! Je vous rejoindrai !

– Père ! Père ! appela Camille.

La jeune femme n'écouta pas les hurlements de sa mère et de sa sœur. Elle quitta la calèche, se précipita pour rejoindre son père.

Magali s'arracha aux ronces qui entravaient ses mouvements. Elle avait senti le « brûlé » dès les premières flammèches. Elle jeta des regards effrayés sur le paysage. Tout était sec ! Sa mère venait de commettre le pire des crimes en Provence. Autour du château, les foyers faisaient leur jonction, des fumées tachaient le ciel, de longues flammes dévoraient le maquis. De la position où elle se tenait, elle vit les habitants de Font Mauresque s'enfuir en calèche et à pied. Une jeune femme blonde ne les avait pas suivis. D'instinct, elle sut que c'était sa rivale... et sa sœur. Son sang parla.

– Maman ! hurla-t-elle en apercevant sa mère qui courait vers le château.

Elle dévala la pente. Le feu arriva sur elle en rugissant, mais sans vent, il n'était pas rapide. Elle l'évita, fit des détours et se retrouva sur l'allée bordée d'arbres majestueux encore préservés des flammes. Pas pour longtemps. Un peu partout le brasier gagnait du terrain. Une bonne partie du château subissait déjà les premiers assauts de l'incendie venant des écuries où les chevaux qui n'avaient pas été libérés hennissaient de douleur.

Roumisse gardait son sang-froid. Il avait tenu à emporter ses actions et quelques papiers utiles compromettant des personnalités. Il remplissait une grosse sacoche de cuir quand Camille apparut sur le pas de la porte.

– Papa !

Il demeura stupéfait, puis entra en colère.

– Que fais-tu ici ? Pourquoi n'es-tu pas avec les autres ?

Elle le regardait sans comprendre. Il était accroupi devant son coffre ouvert, pareil à un voleur.

– Que t'importe ces papiers... Viens papa !

– C'est avec ça que je bâtis notre empire, comprends-tu, idiote ?

Il continua à enfourner des liasses dans la sacoche. Il ne se souciait plus de sa fille. Il semblait avoir oublié le feu. La fumée envahissait à présent le château, elle s'infiltrait de pièce en pièce, précédant les flammes qui s'attaquaient aux soubassements.

– Fiche le camp ! je te suis ! cria Roumisse à sa

fille qui recula, effrayée par la proximité du feu et l'attitude de cet homme qu'elle aimait trop.

Quand elle se précipita vers le rez-de-chaussée, elle croisa une femme étrange qu'elle ne connaissait pas. Elle allait la prier de s'enfuir lorsque cette dernière lui jeta un terrible regard.

– Mon Dieu ! souffla-t-elle en s'enfuyant.

Victorine hésita à la saisir par les cheveux et à la traîner jusqu'aux pieds de Roumisse. La tentation était forte d'en finir avec le père et la fille, mais cela lui parut impossible. Elle voulait la peau du maître des glaces et elle avait besoin de ses deux mains pour le contraindre à crever dans le feu. Elle grimpa quatre à quatre les marches, se dirigea tout droit vers l'unique porte ouverte, et pénétra dans le vaste bureau meublé d'acajou aux murs couverts de livres. Roumisse avait terminé son tri. Il bouclait sa sacoche quand il entendit : « Tu n'as guère changé ! »

Il redressa la tête, contempla la femme qui semblait surgir des volutes de fumée. Qui était-elle ? Ses yeux le piquaient, il les fronça, puis eut un haussement d'épaules.

– Je ne vous connais pas !

– Victorine... Victorine Aguisson. Cela ne te rappelle rien ?

– Laissez-moi passer !

Il ne se souvenait de rien. Il marcha vers elle et allait l'écarter brutalement du bras lorsqu'elle s'accrocha à lui.

– Voilà vingt ans que, par le gel et le soleil brûlant, par le mistral et la pluie, la poussière et les chemins pierreux, je maudis ton nom ! Voilà vingt ans que tu m'as prise de force comme tu as pris Magali, notre fille. Voilà vingt ans que j'attends cette étreinte.

Roumisse paniqua. En un instant il se souvint de cette nuit après le bal de la Saint-Jean, de cette femme couchée et violée dans le fossé. Il tenta en vain de se débarrasser d'elle, mais elle était d'une force surhumaine. Elle pesait de tout son poids et parvint à le ramener au centre de la pièce.

Victorine éclata de rire alors que des larmes jaillissaient de ses yeux. Ce n'était pas un rire trahissant une violente émotion, de ces larmes prévenant un profond désespoir ; c'était un rire de féroce allégresse. Elle renversa Roumisse. Quelque part dans le château un plancher s'effondra. Le feu tout proche vrombissait. Il chantait haut et fort, ses sifflements lugubres se perdaient dans les crépitements.

– Laisse-moi, garce !

Roumisse luttait. Il avait abandonné sa sacoche pour mieux se défaire de la forcenée qui ricanait toujours en imprimant ses ongles dans sa chair. Il cria en voyant les flammes voraces surgir soudain entre les lattes du parquet.

Victorine le tenait comme il l'avait tenue sous lui vingt ans plus tôt. Elle le sentait frémir, se tordre. Elle sentait les coups de poing qu'il lui donnait, mais elle restait agrippée à son torse. Elle ne vit pas les deux barrières rouges danser de part et d'autre de leurs corps allongés. Le feu fit voler en éclats les vitres des fenêtres, grimpa le long des panneaux festonnés de la bibliothèque. Il lui avait autrefois volé des baisers ; à son tour elle colla ses lèvres aux siennes tandis que des étincelles retombaient sur eux.

Camille pleurait. Magali la trouva effondrée face à l'entrée du château. La bâtisse était ravagée par les flammes. Des tourbillons furieux naissaient à travers la toiture trouée.

– Maman ! appela-t-elle en voulant pénétrer dans la fournaise.

– N'y allez pas ! Ils sont perdus.

Perdus ? Magali nia cette évidence pendant quelques secondes, luttant contre la chaleur et les flammèches. Une déflagration qui provoqua la chute d'une partie du premier étage la fit reculer. Alors elle se tourna vers Camille, la tête bourdonnante et des larmes mêlées à la suie. Si elle n'avait pas pu sauver sa mère, elle sauverait sa sœur.

– Viens ! lui ordonna-t-elle en la prenant entre ses bras. Il faut partir à présent.

– Il est trop tard, bafouilla Camille en jetant un regard désespéré sur la propriété.

L'incendie s'était propagé. Les vieux arbres centenaires étaient semblables à de grandes torches ; la fumée s'épaississait d'instant en instant. Elles allaient mourir asphyxiées. Magali ne perdit plus de temps.

– Je connais un moyen de sortir de cet enfer ! Le Latay n'est pas loin, nous allons suivre son cours ! L'eau nous protégera.

Camille était trop abattue pour réagir. Magali la secoua.

– Tu dois me faire confiance ! Je suis du pays ! Je suis ta sœur !

Cette révélation surprenante lui redonna courage. Quand Magali lui tendit la main, elle se mit à courir avec elle le long de l'allée en flammes.

La fumée au-dessus des collines fut un coup dur pour les glaciers qui revenaient de Toulon. Immédiatement, Justin sut où le feu avait pris. A Font Mauresque. C'était loin de la Bastide Blanche, mais cela ne le rassura pas. Le vent pouvait se lever.

– Plus vite, cocher ! ordonna Viguière.

La propriété de leur ennemi brûlait, mais il n'en éprouvait aucune joie. Le feu était un fléau contre lequel les Provençaux s'unissaient depuis le début des temps. Il savait qu'il pouvait compter sur Justin, sur ses hommes. Face à la catastrophe, ils avaient oublié Roumisse, leur métier perdu, la prison. La solidarité jouait. Quand ils arrivèrent sur le chemin de Chibron, ils se mêlèrent aussitôt aux Signois qui remontaient vers le Latay avec pioches, pelles, scies, haches et seaux.

– Nous en viendrons facilement à bout ! dit un vieux qui connaissait les signes précurseurs du mistral. *Lou Mistraou* n'est ni pour aujourd'hui ni pour demain.

Tous se mirent au travail, le long du chemin, abattant des arbres, arrachant les buissons. La fumée noyait le paysage. Justin et ses glaciers s'avancèrent dans le lit de la petite rivière, prenant pied sur la rive gauche où le feu n'allait pas tarder à apparaître.

Ce fut à ce moment que l'un d'eux vit deux silhouettes titubant dans le courant.

– Là ! Des survivants !

Ils se précipitèrent à leur secours. A peine s'était-il avancé dans l'eau, que Justin reconnut Magali et Camille, unies dans l'effort, se soutenant l'une l'autre. Elles éclatèrent en sanglots lorsqu'elles l'aperçurent. Il les entraîna à l'air libre. Elles étaient sauvées. Il y eut des hourras et des signes de croix pour remercier les cieux. La glace les avait séparés, le feu les réunissait. Charles et Viguière les accueillirent. Tout l'avenir était dans ces trois-là ; ils le lurent dans leurs regards. Rien n'était perdu. Ils allaient rebâtir le monde.

ROMANS DE TERROIR CHEZ POCKET

ANGLADE Jean
La bonne rosée
Le jardin de Mercure
Un parrain de cendre
Les permissions de mai
Qui t'a fait prince?
Le tilleul du soir
Le tour de doigt
Les ventres jaunes
Le voleur de coloquintes
Une pomme oubliée
Y'a pas de bon Dieu
La soupe à la fourchette
Un lit d'aubépine
La maîtresse au piquet

ARMAND Marie-Paul
La courée
  tome 1
  tome 2, Louise
  tome 3, Benoît
La maîtresse d'école
La cense aux alouettes

BIÉVILLE Clémence de
L'été des hannetons

BORDES Gilbert
L'angélus de minuit
Le porteur de destins
Le chasseur de papillons
La nuit des hulottes
Le roi en son moulin
Le chat derrière la vitre
Un cheval sous la lune
Ce soir, il fera jour
L'année des coquelicots

BRADY Joan
L'enfant loué

CAFFIER Michel
Le hameau des mirabelliers

CARLES Émilie
Une soupe aux herbes sauvages

CARRIÈRE Jean
L'épervier de Maheux

CORNAILLE Didier
Les labours d'hiver

COULONGES Georges
La liberté sur la montagne
La fête des écoles
La Madelon de l'an 40
L'enfant sous les étoiles
Les flammes de la liberté

DUBOS Alain
Les seigneurs de la Haute Lande

DUQUESNE Jacques
Théo et Marie

HUMBERT Denis
La Malvialle
Un si joli village
La Rouvraie

INK Laurence
La terre de Caïn

JEURY Michel
La source au trésor
L'année du certif
Les grandes filles

LAUSSAC Colette
Le dernier bûcher

MAZEAU Jacques
Le pré aux corbeaux

MICHELET Claude
Des grives aux loups
Les palombes ne passeront plus
L'appel des engoulevents
Cette terre est la vôtre
La grande muraille
J'ai choisi la terre
Rocheflame
Une fois sept
Vive l'heure d'hiver
La nuit de Calama
Histoire des paysans de France
1. Les promesses du ciel et de la terre
2. Pour un arpent de terre
3. Le grand sillon

Michelet Claude et Bernadette
Quatre saisons en Limousin

Muller Marie-Martine
Terre mégère
Les amants du Pont d'Espagne
Froidure, le berger magnifique

Peyramaure Michel
Les tambours sauvages
Les flammes du paradis
L'orange de Noël
Les demoiselles des écoles
Pacifique Sud
Louisiana
Henri IV
1. L'enfant roi de Navarre
2. Ralliez-vous à mon panache blanc
3. Les amours, les passions et la gloire

Sand George
La mare au diable
La petite Fadette

Seignolle Claude
Le diable en sabots
La malvenue
Marie la Louve
La nuit des halles
Le rond des sorciers

Signol Christian
Les cailloux bleus
Les menthes sauvages
Adeline en Périgord
Les amandiers fleurissaient rouge
L'âme de la vallée
Antonin, paysan du Causse
Les chemins d'étoile
Marie des Brebis
La rivière Espérance
Le royaume du fleuve
L'enfant des terres blondes

Thibaux Jean-Michel
L'or du diable
La bastide blanche
tome 1
tome 2 - Le secret de Magali
Pour comprendre l'Égypte antique
La fille de la garrigue
Pour comprendre les Celtes et les Gaulois

Tillinac Denis
L'été anglais
L'hôtel Kaolack
L'Irlandaise du Dakar
Maisons de famille
Le jeu et la chandelle
Dernier verre au Danton

Varel Brigitte
L'enfant du Trièves
Un village si tranquille

Viollier Yves
Les pêches de vignes
Les saisons de Vendée

Vlérick Colette
La fille du goémonier

ROMAN

Adler Elizabeth
Secrets en héritage
Le secret de la villa Mimosa

Ashley Shelley V.
L'enfant de l'autre rive
L'enfant en héritage

Beauman Sally
Destinée
Femmes en danger

Bennett Lydia
L'héritier des Farleton
L'homme aux yeux d'or
Le secret d'Anna

Benzoni Juliette
Un aussi long chemin
Les dames du Méditerranée-Express
1 – La jeune mariée
2 – La fière Américaine
3 – La princesse mandchoue
Fiora
1 – Fiora et le Magnifique
2 – Fiora et le Téméraire
3 – Fiora et le pape
4 – Fiora et le roi de France
Les loups de Lauzargues
1 – Jean de la nuit
2 – Hortense au point du jour
3 – Félicia au soleil couchant
Les treize vents
1 – Le voyageur
2 – Le réfugié
3 – L'intrus
4 – L'exilé
Le boiteux de Varsovie
1 – L'étoile bleue
2 – La rose d'York
3 – L'opale de Sissi
4 – Le rubis de Jeanne la Folle
Secret d'État
1 – La chambre de la reine
2 – Le roi des Halles

Bickmore Barbara
Une lointaine étoile
Médecin du ciel

Binchy Maeve
Le cercle des amies
Noces irlandaises
Retour en Irlande
Les secrets de Shancarrig
Portraits de femmes

Blair Leona
Les demoiselles de Brandon Hall

Bradshaw Gillian
Le phare d'Alexandrie
Pourpre impérial

Bright Freda
La bague au doigt

Bruce Debra
La maîtresse du Loch Leven

Cash Spellmann Cathy
La fille du vent
L'Irlandaise

Chamberlain Diane
Vies secrètes
Que la lumière soit
Le faiseur de pluie

Chase Lindsay
Un amour de soie

Collins Jackie
Les amants de Beverly Hills
Le grand boss
Lady boss
Lucky
Ne dis jamais jamais
Rock star
Les enfants oubliés

Collins Joan
Love
Saga

Courtillé Anne
Les dames de Clermont
1 – Les dames de Clermont
2 – Florine
Les messieurs de Clermont

Cousture Arlette
Émilie
Blanche

Crane Teresa
Demain le bonheur
Promesses d'amour

Dailey Janet
L'héritière
Mascarade
L'or des Trembles
Rivaux
Les vendanges de l'amour

Delinsky Barbara
La confidente

Denker Henry
Le choix du docteur Duncan
La clinique de l'espoir
L'enfant qui voulait mourir
Hôpital de la montagne
Le procès du docteur Forrester
Elvira
L'infirmière
Hôpital de l'espoir

Dervin Sylvie
Les amants de la nuit

Deveraux Jude
La princesse de feu
La princesse de glace

Dunmore Helen
Un été vénéneux

Falconer Colin
Les nuits de Topkapi

Gage Elizabeth
Un parfum de scandale

Gallois Sophie
Diamants

Goudge Eileen
Le jardin des mensonges
Rivales

Greer Luanshya
Bonne Espérance
Retour à Bonne Espérance

Gregory Philippa
Les dernières lueurs du jour
Sous le signe du feu
Les enchaînés

Haran Maeve
Le bonheur en partage
Scènes de la vie conjugale

Ibbotson Eva
Les matins d'émeraude

Jaham Marie-Reine de
La grande Béké
Le maître-savane
L'or des îles
1 – L'or des îles
2 – Le sang du volcan

Jones Alexandra
La dame de Mandalay
La princesse de Siam
Samsara

Krantz Judith
Flash
Scrupules (t. 1)
Scrupules (t. 2)

Krentz Jayne Ann
Coup de folie

Laker Rosalind
Aux marches du palais
Les tisseurs d'or
La tulipe d'or
Le masque de Venise
Le pavillon de sucre

Lancar Charles
Adélaïde
Adrien

Lansbury Coral
La mariée de l'exil

McNaught Judith
L'amour en fuite
Garçon manqué

Philipps Susan Elizabeth
La belle de Dallas

Pilcher Rosamund
Les pêcheurs de coquillages
Retour en Cornouailles

Plain Belva
A force d'oubli
A l'aube l'espoir se lève aussi
Et soudain le silence
Promesse

Purcell Deirdre
Passion irlandaise
L'été de nos seize ans
Une saison de lumière

Rainer Dart Iris
Le cœur sur la main
Une nouvelle vie

Rivers Siddons Anne
La Géorgienne
La jeune fille du Sud
La maison d'à côté
La plantation
Quartiers d'été
Vent du sud
La maison des dunes
Ballade italienne

Roberts Anne Victoria
Possessions

Ryan Mary
Destins croisés

Ryman Rebecca
Le trident de Shiva
Le voile de l'illusion

Shelby Philip
L'indomptable

Simons Paullina
Le silence d'une femme

Sloan Susan R.
Karen au cœur de la nuit

Spencer Joanna
Les feux de l'amour
1 – Le secret de Jill
2 – La passion d'Ashley

Steel Danielle
L'accident
Coups de cœur
Disparu
Joyaux
Le cadeau
Naissances
Un si grand amour
Plein ciel
Cinq jours à Paris
La foudre
Honneur et courage
Malveillance
La maison des jours heureux
Au nom du cœur
Le Ranch

Taylor Bradford Barbara
Les femmes de sa vie

Torquet Alexandre
Ombre de soie

Trollope Johanna
Un amant espagnol
Trop jeune pour toi
La femme du pasteur
De si bonnes amies
Les liens du sang

Victor Barbara
Coriandre

Walker Elizabeth
L'aube de la fortune
Au risque de la vie

Westin Jane
Amour et gloire

Wilde Jennifer
Secrets de femmes

Wood Barbara
African Lady
Australian Lady
Séléné
Les vierges du paradis
La prophétesse
Les fleurs de l'Orient

*Cet ouvrage a été reproduit
par procédé photomécanique par la
SOCIÉTÉ NOUVELLE FIRMIN-DIDOT
Mesnil-sur-l'Estrée
pour le compte des Éditions Pocket
en septembre 1999*

POCKET - 12, avenue d'Italie - 75627 PARIS CEDEX 13
Tél. : 01-44-16-05-00

Imprimé en France
Dépôt légal : février 1997
N° d'impression : 47572